죽음의 도시 브뤼주

조르주 로덴바흐(Georges Rodenbach, 1855-1898)
사진. 폴 나다르

죽음의 도시 브뤼주
Bruges-la-Morte

조르주 로덴바흐
Georges Rodenbach

임민지 옮김

프랑시스 마냐르*에게 이 책을 바치며

✒︎ 『죽음의 도시 브뤼주』는 출판되기 전에 1892년 프랑스 일간지 『르 피가로(Le Figaro)』에서 연재소설로 발표되었고, 당시 『르 피가로』의 편집장이 벨기에 출신 언론인이자 작가 프랑시스 마냐르(Francis Magnard, 1837-1894)였다.

일러두기
· 이 책은 조르주 로덴바흐의 소설 *Bruges-la-Morte* (프랑스국립도서관 Gallica, 1892)를 완역한 것이다.
· 소설의 주는 모두 옮긴이의 주이다.

차례

서문 9

| I | II | III |
| 11 | 22 | 33 |

| IV | V | VI |
| 47 | 53 | 63 |

| VII | VIII | IX |
| 70 | 82 | 99 |

| X | XI | XII |
| 106 | 113 | 126 |

| XIII | XIV | XV |
| 140 | 144 | 153 |

작가 연보 169 · 옮긴이의 말 173 · 편집 후기 179

서문

 이 치정 이야기를 다룬 습작에서 특히 하나의 도시, 정신 상태와 연관되고, 충고하며, 단념시키고, 행동을 결심하게 하는 주요 등장인물로서의 도시를 그려내고자 했다.
 우리가 기꺼이 선택한 이 브뤼주라는 도시는 현실에서는 거의 인간처럼 보인다…. 도시가 가진 어떤 영향력이 이곳에 머무는 사람들에게 발휘되는 것이다. 이곳의 경치와 종소리에 의해 사람들이 형성된다.
 바로 이것이 우리가 암시하고자 하는 것이다. 행동의 방향성을 제시하는 도시. 도시 경관은 이제 배경이나 조금은 자의적으로 선택된 묘사의 주제가 아니라 책의 사건 그 자체와 관련된다.
 브뤼주의 배경이 에피소드들에 가담하기 때문에 책의 페이지 사이에 끼워 넣어 재현하는 것 역시 중요하다. 강둑, 텅 빈 거리, 오래된 저택, 운하, 베긴회 수녀원, 교회, 종교의식에 쓰이는 금은 세공품, 종탑 같은 것들 말이다.*

이는 이 책을 읽게 될 사람들이 도시의 존재와 영향력을 감내하고, 물의 전염성을 더 가까이서 경험하며, 텍스트 위에 길게 뻗어 있는 높은 탑들의 그림자를 스스로 느낄 수 있게 하기 위함이다.

☞ 이 책에는 사진업체 레비 에 뇌르댕(Lévy et Neurdein)의 음화(陰畫)를 본떠서 프티(Ch.-G. Petit)가 망판(網版)으로 제작한 사진들이 수록되었다.
—원주

I

날이 저물고 있었다. 고요한 대저택의 복도에는 어둠이 드리웠고, 크레이프 천으로 된 가림막 커튼이 내려졌다.

위그 비안은 늦은 오후가 되면 매일 그랬듯 외출할 채비를 했다. 아무 일도 하지 않고 홀로 외롭게 살아가는 위그는 2층에 있는 널따란 방에서 온종일을 보냈다. 방 창문으로는 로제르 강둑이 보였고, 강기슭을 따라 지어진 그의 저택이 물에 비치고 있었다.

그는 잡지, 오래된 책 같은 것들을 조금 읽었다. 담배도 많이 피웠다. 그리고 열려 있는 십자형 유리창으로 흐린 날씨를 바라보며 추억에 잠긴 채 공상에 빠졌다.

위그는 아내가 죽은 다음 날 브뤼주에 정착하러 온 이후부터 이렇게 오 년을 살았다. 벌써 오 년이라니! 그는 자신에게 몇 번이고 반복해서 말했다. "홀아비! 홀아비로 산다니! 내가 홀아비라니!" 이토록 돌이킬 수 없고 간결한 단

죽음의 도시 브뤼주

어라니! 오로지 한 음절*로 이루어진 이 단어는 울림도 없었다. 정말로 짝이 없음을 가리키는 홀수의 단어인 것이다.

그에게 아내와의 이별은 견디기 힘든 것이었다. 그는 호화롭게 여가와 여행을 즐기며, 새로운 사랑의 감정을 느끼게 해주는 새로운 지역에서 사랑을 맛보았었다. 전형적인 부부의 삶에서 느낄 수 있는 평온한 즐거움뿐만 아니라 순수한 열정, 지속되는 열기, 계속되는 성관계, 둑길이 서로 평행하게 위치하지만 물 위에서는 두 그림자가 뒤섞이는 것처럼 서로 먼 듯하면서도 결합하고 있는 영혼의 일치 같은 것 말이다.

이 행복했던 십 년을 제대로 느낄 새도 없이 시간이 그렇게나 빠르게 흘러버렸다!

그렇게 서른을 갓 넘긴 아내는 죽어버렸다. 몸져누운 지 몇 주도 안 되어 이내 쓰러져버린 날을 마지막으로 그는 그녀를 영원히 다시 만날 수 없었다. 위그는 양초가 비추는 것처럼 생기 없고 창백한 그녀의 꽃처럼 아름다운 얼굴빛, 크고 검은 눈동자를 지닌 진주 같은 눈, 그리고 눈동자와 대조를 이루는 호박색 머리카락, 길고 구불구불하

🪶　프랑스어로 홀아비를 의미하는 단어는 'veuf'로, 한 음절로 발음된다.

게 늘어져 등을 모두 덮어버리는 그 머리카락을 너무나도 사랑했다. 원시주의 화가들이 그린 성모 마리아도 그녀처럼 살짝 찰랑거리며 늘어뜨린 머리카락을 하고 있었다.

꼼짝없이 누워 있는 시신 위에 위그는 그녀의 임종 직전에 기다랗게 땋아 놓았던 그 머리카락을 잘라 놓았다. 죽음에 대한 연민 같은 것인가? 죽음은 모든 것을 무너뜨리지만, 머리카락만은 그대로였다. 눈, 입술, 모든 게 흐려지고 무너져 내렸다. 하지만 머리카락은 변색조차 되지 않았다. 머리카락을 통해서만 살아남는 것이다! 벌써 오년이 흐른 지금, 죽은 아내의 땋은 머리는 그렇게나 소금기 있는 눈물을 쏟았는데도 거의 바래지 않았다.

그날, 그 홀아비는 11월의 흐린 날씨 때문에 그의 모든 과거를 전보다 더 고통스럽게 다시 경험했다. 이런 날씨 속에서 종소리가 소리 가루들을, 수년 전 죽은 아내의 유골을 공기 중에 흩뿌리는 것 같았다.

그래도 위그는 외출하기로 마음먹었다. 밖에서 마지못해 기분 전환을 하거나 아픔을 치료할 만한 것을 찾기 위해서가 아니었다. 그것을 시도할 생각조차 들지 않았다. 그는 저녁 무렵 천천히 거닐면서 자신의 슬픔과 유사한 것들을 황량한 운하와 교회 동네에서 찾아보는 걸 좋아했다.

저택의 1층으로 내려가면서 위그는 하얗고 널찍한 복도에서 평소에는 닫혀 있던 문들이 모두 열려 있는 것을 알아차렸다.

정적이 흐르는 가운데 그는 늙은 하녀를 불렀다. "바르브!… 바르브!…"

그러자 하녀는 주인이 왜 자신을 소리쳐 불렀는지 짐작해보며 첫 번째 문에서 모습을 드러냈다.

"주인님." 그녀가 말했다. "오늘은 응접실에서 일해야 했어요. 내일 축제가 있거든요."

"무슨 축제?" 위그가 난처한 표정으로 물었다.

"무슨 말씀이세요! 모르시는 거예요? '복되신 동정 마리아의 자헌自獻 축일'이잖아요. 베긴회 수녀원에서 하는 미사와 성체 강복식에도 참여해야 해요. 주일이나 마찬가지죠. 내일은 제가 일을 할 수 없어서 오늘 응접실을 정돈하는 거랍니다."

위그 비안은 불만을 감추지 않았다. 바르브는 그가 응접실을 정돈하는 일을 함께하길 원한다는 것을 잘 알고 있었다. 두 개의 응접실에는 아내에 대한 예전의 추억과 귀중한 물건들이 있어서 하녀가 혼자 그곳을 돌아다니게 할 수는 없었다. 그는 그녀를 감시하고, 행동을 지켜보고, 조심성 있게 행동하도록 통제하고, 또 존중하는 태도로 임하는지 몰래 살펴보고 싶었다. 먼지를 털기 위해 귀중한 골동품, 죽은 아내의 물건, 쿠션, 아내가 직접 만든 가리개와 같은 것들을 흐트러뜨려야 할 때는 그가 직접 다루고 싶었다. 아내가 앉았던 소파, 긴 의자, 안락의자는 손대지 않고 언제나 똑같은 모습을 유지하고 있어 그녀의 손길이 곳곳에 머물러 있는 것 같았는데, 말하자면 그녀의 몸매를 지닌 것 같았다. 커튼에는 아내가 만들어놓은 주름이 영원히 간직되어 있었다. 그리고 거울 속 깊숙이 잠든 아내의 얼굴을 지우지 않기 위해 거울의 맑은 표면을 스펀지와 헝겊으로 조심스럽게 닦아야 할 것 같았다.

위그가 모든 충격으로부터 지키고 감시하고 싶었던 또 다른 것은 바로 가련한 아내의 초상화들, 그러니까 벽난로, 작은 원탁, 벽 여기저기에 조금씩 흩어져 있는 각각 다른 나이의 그녀를 담고 있는 초상화들이었다. 만약 어떤 사고라도 일어났다면 그의 마음이 모조리 부서졌으리라. 무엇보다도 위그는 소중하게 간직한 아내의 머리카락을 모두 서랍장이나 칙칙한 작은 상자에 넣는 것을 전혀 원하지 않았다. 그건 마치 무덤에 머리카락을 넣는 것이나 마찬가지니까! 그녀의 금빛 머리카락은 나이도 가늠할 수 없게 여전히 생생하게 살아 있기 때문에 머리카락을 펼쳐 놓아 아내에 대한 영원불멸한 사랑의 일부처럼 보이게 하

죽음의 도시 브뤼주

는 것이 더 낫다고 생각했다!

위그는 항상 그 큰 응접실에서 아내의 머리카락을, 여전히 그녀의 존재로 남아 있는 그 머리카락을 계속해서 보려고 지금은 소리가 나지 않아 그저 놓여 있을 뿐인 피아노 위에 올려놓았다. 그건 잘린 머리채, 부서진 사슬, 난파에서 건져낸 밧줄이었다! 머리카락이 오염되는 것을 막고, 모발을 부식시키고 빛이 바래게 하는 습한 공기로부터 보호하기 위해 그는 감동적이라기보다는 순진하다고 할 수 있을 아이디어를 하나 생각해냈다. 그는 투명한 크리스털 보석상자 안에 땋은 머리를 그대로 넣어두고 매일 소중히 섬겼다.

그에게도, 그리고 주위에 침묵하며 존재하는 것들에게도 이 머리카락은 주변의 그 모든 존재와 연결되어 있고 집 안의 영혼인 것처럼 보였다.

플랑드르 사람인 늙은 하녀 바르브는 얼굴은 살짝 찌푸리고 있지만, 헌신적이고 성실했으며 이 물건들을 얼마나 신중하게 다루어야 하는지 알고 있어서 항상 긴장하며 다가갔다. 바르브는 말이 거의 없었고, 검은색 드레스와 흰 망사 천으로 된 챙 없는 모자를 걸치고 있어 문지기 수녀와 같은 외모를 드러내고 있었다. 더구나 그녀는 유일한 친척 로잘리 수녀를 만나러 베긴회 수녀원에 자주 가기까지 했으니 더 그렇게 보였다.

    수녀원에 자주 드나드는 데다 깊은 신앙심에서 비롯된 습관들로 인해 바르브는 침묵을 지켰고, 교회 타일 바닥에 익숙해 미끄러지듯 걸을 수 있었다. 바로 이런 이유로, 그녀가 위그 비안의 고통에 그 어떤 소란이나 웃음을 일으키지 않았기 때문에, 그가 브뤼주에 도착한 이후로 잘 적응할 수 있었다. 위그는 다른 하녀는 두지 않았고, 바르브는 그렇게 그에게 필요한 존재가 되었다. 그녀가 악의 없는 횡포를 부리고, 독실한 신앙을 가진 노처녀의 편집증을 보여주고, 제멋대로 행동하려는 태도를 지니고, 또 오늘처럼 다음 날 그리 중요하지 않은 축제가 있다는 이유로 자기도 모르게 본래의 정돈 방식을 무시한 채 응접실을 뒤엎어버렸지만.

    위그는 외출에 앞서 바르브가 가구를 정리할 때까지 기다렸고, 소중한 물건들이 모두 그대로 제자리에 놓였는지 확인했다. 그러고 나서 평온해진 그는 덧창과 문을 닫고 보통 때처럼 땅거미가 질 무렵의 산책을 하기로 마음먹었다. 비록 가랑비가, 가을 끝자락에 자주 오는 비가, 수직으로 내리는 가는 비가, 훌쩍거리며 물을 엮어내고, 대기를 시침질하며 평평한 운하를 바늘로 뒤덮어버리는, 끝없이 펼쳐지는 축축한 그물에 걸린 새처럼 정신을 사로잡고 얼어붙게 만드는 비가 내리고 있었지만 말이다!

II

위그는 이제 겨우 마흔 살이었지만, 불확실한 걸음걸이와 약간은 구부정한 자세로 둑길을 따라 같은 여정을 매일 저녁 되풀이했다. 혼자가 된 삶은 그에게 일찍 찾아온 가을이었다. 관자놀이는 텅 비어 있었고, 머리카락은 잿빛 가루로 가득했다. 생기 없는 그의 눈은 멀리 삶의 아득한 저편을 바라보고 있었다.

늦은 오후의 브뤼주 역시 어찌나 슬픈 도시인지! 위그는 그런 도시를 사랑했다! 그는 바로 그 슬픔 때문에 이 도시를 선택했고, 그런 큰일을 겪은 후 이곳에 와서 살게 된 것이다. 한때 행복했던 시절, 아내와 함께 원하는 대로 여러 나라를 떠돌며 살아가고, 파리로, 외국으로, 바닷가로 여행을 다니던 때에는 그녀와 이곳에 오더라도 도시의 엄청난 우울함이 그들의 기쁨에 영향을 주지 않았다. 시간이 지나 혼자가 되자 위그는 브뤼주를 회상했고 이제는 그 도시에 정착해야 한다는 직감을 순간적으로 느끼게 되었다. 기묘한 방정식이 성립되었다. 죽은 도시는 곧 죽은 아내임이 틀림없었다. 그가 지닌 엄청난 슬픔의 감정이 그런 환경을 요구하고 있었다. 그가 견뎌낼 수 있는 삶은 이곳에서의 삶뿐이리라. 그는 이 도시에 본능적으로 왔다. 다른 곳에서의 세상은 어찌나 떠들썩하고, 속닥거리고, 축제를 부추기고, 수천 개의 소문을 엮어내는지. 그는 무한한 고요와 더 이상의 살아간다는 느낌을 줄 수 없을 정도의 단조로운 삶이 필요했다.

육체적 고통 앞에서 왜 침묵해야 하고, 병실에서는 왜 숨죽여 걸어야 하는가? 왜 소음과 목소리가 붕대를 헤쳐 놓고 상처를 다시 건드리는 것 같을까?

정신적 괴로움에는 소음도 고통이 된다.

생기 없는 운하와 길거리가 풍기는 적막한 분위기 속에서 위그는 마음의 고통을 덜 느꼈고, 죽음을 좀 더 부드럽게 생각하게 되었다. 그는 운하를 따라 나타나는 오필리아의 얼굴을 한 죽음을 다시 찾아내고, 멀리서 들리는 가냘픈 종소리에서 그 목소리를 들으면서 더 나은 상태에서 죽음을 다시 마주하고 그것에 더 귀 기울일 수 있었다.

이 도시 역시 오래전에는 사랑받고 아름다웠지만, 이제 그렇게 위그의 회한을 그려내고 있었다. 브뤼주는 그의

죽음의 도시 브뤼주

죽은 아내였다. 그리고 죽은 아내는 브뤼주였다. 모든 것이 이런 운명으로 하나가 되었다. 그것은 돌로 된 강둑 무덤에 매장되고, 바다의 거대한 맥박이 멈춰 차가워진 운하의 동맥을 지닌 죽음의 도시 브뤼주 그 자체였다.

그날 저녁, 무턱대고 걸어가다 그 어느 때보다도 더 우울한 추억이 그를 사로잡았고, 샘물의 보이지 않는 얼굴이 눈물을 흘리고 있는 다리가 아래에서부터 모습을 드러냈다. 닫힌 집, 고통으로 흐려진 눈처럼 흐릿한 창문, 검은 베일로 된 물속 계단을 그대로 베껴내고 있는 박공지붕에서 죽음의 이미지가 발산되고 있었다. 위그는 베르 둑길, 미로아 둑길을 따라 걸었고, 물랭 다리를 건너 포플러로 둘러싸인 침울한 분위기의 외곽 지역을 향해 멀리 나아갔다. 그의 머리 위 사방으로 교회 종에서 퍼져 나온 소금기 어린 작은 음표들이 면죄 기도를 위한 성수채에서 뿜어져 나오는 것처럼 차가운 물방울이 떨어졌다.

바람이 마지막 나뭇잎들을 휩쓸어가는 가을 저녁의 고독 속에서 위그는 한층 더 생을 마감하고픈 욕망과 죽음을 향한 조바심을 느꼈다. 탑의 그림자가 그의 영혼 위에 길게 누워 있는 듯했고, 오래된 벽이 주는 조언이 그에게까지 가닿는 것 같았다. 셰익스피어 작품 속 무덤을 파는 인부가 말한 것처럼, 오필리아 앞으로 물이 다가오듯 속

삭이는 목소리가 물에서 올라오는 것 같았다.

벌써 여러 번 그는 이렇게 농락당하는 기분을 느꼈었다. 그는 돌이 그에게 천천히 보내는 설득의 메시지를 들은 적이 있었다. 주변에 도사리고 있는 죽음을 견뎌내지 못해 '사물의 질서'를 진정으로 놀라게 했었다.

그는 진지하게 오랫동안 자살을 생각했었다. 아! 그 여인을 그는 얼마나 사랑했던가! 그녀의 눈은 여전히 그를 향해 있다! 그가 항상 쫓아다니던 그녀의 목소리는 지평선 끝에, 너무나도 멀리 잠겨 있다! 그 여인이 세상을 떠난 뒤 그가 그녀를 전적으로 따르게 하고 온 세상으로부터 그를 분리한 것은 대체 무엇이었을까. 사해死海의 열매처럼 입안에 영원히 재의 맛만을 남기는 사랑이 분명 존재하는 것이다!

그가 자살에 대한 강박관념을 뿌리쳤던 것은 단지 그녀를 위해서였다. 유년 시절의 종교적 감정이 고통의 찌꺼기와 함께 되살아났다. 신비주의적 성향을 지닌 그는 소멸이 삶의 끝이 아니기를 바랐으며, 그녀를 언젠가 다시 만날 수 있기를 바랐다. 종교는 그의 자발적인 죽음을 막아주고 있었다. 자살은 신의 품에서 추방되고, 그녀를 다시 만날 수 있다는 막연한 가능성을 제거하는 것을 의미했다.

그래서 그는 살아갔다. 알 수 없는 어떤 천상의 정원에서 그녀가 그를 기다리고 있다는 생각에 위안을 받으며 기도까지 했다. 교회 오르간 소리에 그녀를 꿈꾸며.

그날 저녁, 지나는 길에 그는 노트르담 성당에 들어갔다. 그는 그곳의 장례식 분위기 때문에 그 성당을 즐겨 찾았다. 성당의 벽면과 바닥 곳곳에는 고인의 얼굴, 금이 간 이름, 돌로 된 입술같이 부식된 비문碑文이 새겨진 장례용 포석이 있었다…. 이곳에서의 죽음은 그 자체로 죽음에 의해 마멸되고 있었다.

하지만 바로 옆에는 삶에 대한 허무가 죽음 안에서 영속하며 한결같은 사랑의 이미지로 밝혀지고 있었고, 바로 이 때문에 위그는 이곳에 순례를 자주 하러 왔다. 그것은 바로 부속 예배당 안쪽에 있는 샤를 르 테메레르와 마리 드 부르고뉴*의 무덤이었다. 얼마나 감동적인가! 특히 나란히 놓인 손가락, 쿠션 위에 놓인 머리, 구리로 만들어진 드레스, 충성심을 상징하는 개에 걸쳐진 발, 석관石棺 위에 올곧게 누워 있는 모습의 온화한 여공작 마리 드 부르고뉴. 그들처럼 위그의 죽은 아내는 영원히 그의 검은 영혼

 샤를 르 테메레르 공작은 중세 말기 프랑스의 절대왕정 체제에 저항했던 무인이다. 마리 드 부르고뉴는 공작의 외동딸이며 아버지가 전투에서 사망한 후 부르고뉴공국을 물려받아 여공작으로 즉위했다.

위에 놓여 있었다. 그리고 샤를 공작처럼 자신도 아내의 곁에 누울 날이 올 것이다. 기독교적 희망이 실현되지 않아 그들을 연결해주지 않는다면, 그들은 적어도 죽음이라는 기분 좋은 안식처에서 나란히 잠들게 되는 것이다.

위그는 그 어느 때보다도 슬픈 기분으로 노트르담 성당에서 나왔다. 그리고 자신의 저택으로 향했다. 저녁 식사를 하러 집에 돌아가는 시간이 다가오고 있었다. 그는 죽음에 대한 회상을 끄집어내 방금 보고 온 무덤의 형태로 만들고, 그것에 다른 얼굴을 넣어 상상해보려 했다. 하지만 한동안 우리의 기억 속에 간직되어 있던 망자들의 얼굴은 점차 변질되고 유리를 씌우지 않아 분말이 날아간 파스텔화처럼 흐릿해진다. 그렇게 우리 안에 간직된 망자들은 두 번째 죽음을 맞이하는 것이다!

그런데 갑자기, 그가 정신을 집중하여 기억 속에서 이미 반쯤 지워진 특성들을 재구성하고 자신의 내면을 들여다보다가, 행인들을 거의 눈여겨보지 않았던, 그런 일은 너무나도 드물었던 위그가 그를 향해 다가오는 젊은 여인에게 돌연 마음의 동요를 느꼈다. 처음에 그는 거리 반대편 끝에서 다가오는 그녀를 전혀 알아채지 못했지만, 그녀가 가까이 다가오자 비로소 눈에 들어왔다.

그녀를 본 위그는 굳은 것처럼 갑자기 걸음을 멈췄다.

반대 방향에서 오던 사람은 그를 스쳐 갔다. 그것은 충격이고, 예기치 않은 출현이었다. 위그는 잠시 어지러운 듯 보였다. 그는 환영을 멀리하려고 눈에 손을 갖다 댔다. 위그는 잠시 머뭇거리는가 싶더니 천천히 걸어가며 멀어지는 미지의 여인을 향해 몸을 돌려 가던 방향을 바꾸고 그가 내려가던 둑길을 벗어나 느닷없이 그녀를 쫓아가기 시작했다. 여자를 따라잡기 위해 그는 빠르게 걸어가 인도를 이리저리 옮겨 다니며 가까이 다가갔고, 그녀가 넋이 나간 듯 보이지 않았다면 무례하다고 느꼈을 정도로 집요하게 그녀를 쳐다보았다. 그 젊은 여자는 길을 걸어가며 그를 쳐다보지도 않고 냉담했다. 위그는 점점 더 이상한 기분이 들고 얼이 빠진 것 같았다. 그가 이 길에서 저 길로 돌아다니며 그녀를 쫓아간 지 벌써 몇 분이 흘렀다. 때때로 그녀에 대해 정확히 알아내기라도 하려는 듯 그녀에게 다가갔다가 너무 가까이 간 것 같으면 놀란 기색으로 멀리 물러났다. 위그는 어떤 얼굴을 알아내기 위해 찾아간 우물을 발견한 듯 매혹당한 듯하면서도 겁에 질린 듯했다….

그래! 그렇다! 이번에는 그녀를 확실히 제대로 보았다. 파스텔 빛깔의 얼굴, 진주 같은 눈과 크고 검은 눈동자, 똑같았다. 위그가 그녀의 뒤를 따라 걷는 동안, 검은 외투와 베일 아래 보이는 목덜미의 머리카락은 분명 똑같은 금빛 올, 비단 같은 호박 빛깔을, 흐르는 듯한 질감의 노란색을 띠고 있었다. 밤의 빛깔을 띤 눈과 타오르는 낮의 빛깔을 지닌 머리카락이 대조를 이루는 것 역시 똑같았다.

지금 그는 분별력을 잃은 것일까? 아니면 그의 망막이 죽은 아내를 고이 간직한 나머지 지나가는 사람들과 그녀를 동일시하는 것일까? 위그가 아내의 얼굴을 찾아다니는 와중에 갑작스럽게 나타난 그 여인은 아내와 너무나도 똑 닮은 쌍둥이처럼 보였다. 이 여인의 출현으로 혼란스러워졌다! 같은 사람이라고 할 수 있을 정도로 공포에 가까운 기적이었다.

모든 게, 걸음걸이, 몸매, 신체 리듬, 표정, 내면의 시선, 이 모든 것이 선이나 색깔뿐만 아니라 정신적인 것과 영혼의 움직임까지 그에게 다시 나타나 살아 있는 것이다!

최면에 걸린 듯, 위그는 이제 영문도 모르고 생각도 하지 않고 안개 낀 미로 같은 브뤼주의 길들 사이로 그녀를 계속해서 따라갔다. 여러 방향으로 뻗은 길이 얽혀 있는 사거리에 도착했을 때, 그녀 뒤에 조금 떨어져 걷던 그는 그녀를 더는 볼 수 없었다. 어느 골목길로 돌아 들어갔는지도 알 수 없이 사라진 것이다.

그는 멈춰 서서 눈물이 고인 채로 먼 곳을 응시하고 허공을 훑어보았다….
 아! 죽은 아내와 어찌나 닮았던지!

III

위그는 그 우연한 만남 때문에 큰 혼란에 빠졌다. 이제 아내를 떠올릴 때면 그날 본 미지의 여인이 생각나는 것이다. 그녀는 생생하고 뚜렷한 기억이었다. 그에게 그 여인은 죽은 아내보다 더 아내 같은 사람으로 느껴졌다.

그가 묵묵히 예배드리는 마음으로 유품으로 간직해둔 아내의 머리카락에 키스하러 가거나 몇몇 초상화 앞에서 눈물을 흘릴 때도 이제는 죽은 아내의 이미지를 마주하는 것이 아니라 그녀를 닮은 살아 있는 그 여인을 마주하는 것이었다. 두 여인의 얼굴이 기묘하게 일치되었다. 마치 운명이 그를 동정하여 그의 기억에 지표를 제시하고 망각을 거스르는 공범이 되어 시간이 흘러 이미 누렇게 변질되어 희미해진 판화를 새로운 복제본으로 대체하는 것 같았다.

위그는 이제 고인이 된 여인에 대해 완전히 깨끗하고

죽음의 도시 브뤼주

새로운 이미지를 간직하게 되었다. 위그의 기억 속에는 그날 땅거미가 질 무렵 죽은 아내의 얼굴을 한 여인이 그를 향해 걸어오던 오래된 둑길만이 남아 있었다. 더는 수년 전의 아득한 과거를 떠올릴 필요가 없었다. 전날이나 그 전날 저녁을 떠올리기만 하면 충분했다. 이제는 아주 가까이에서 손쉽게 다가갈 수 있었다. 그의 눈은 새로이 그 소중한 얼굴을 간직하게 되었다. 그 새로운 이미지는 예전의 흔적과 합쳐지면서 서로를 견고하게 만들었고, 이제는 거의 현실 속 존재에 대한 착각을 불러일으키고 있었다.

그 후 며칠 동안 위그는 완전히 환각에 빠져 있었다. 사별한 아내와 완전히 같은 여인이 존재하고 있던 것이었다. 여자가 지나가는 것을 본 그는 잠시 아내가 돌아올 거라는, 예전처럼 그를 향해 그녀가 다가왔다는 가혹한 꿈을 꿨다. 똑같은 눈, 똑같은 피부, 똑같은 머리카락까지 모든 것이 정확하게 닮았다. 대자연과 운명의 신이 부린 기묘한 변덕이었다!

위그는 그녀를 다시 만나고 싶었다. 하지만 아마도 그녀를 두 번 다시 보지 못하리라. 그래도 그녀가 가까이에 있다는 것을 알고, 그녀를 만날 수 있다는 것만으로도 그는 훨씬 덜 외롭고 덜 홀아비처럼 사는 것 같았다. 아내가 부재중일 뿐이고 가끔 다시 나타난다면 진정한 홀아비라고 할 수 있을까?

그는 죽은 아내를 닮은 그녀가 지나갈 때 아내를 다시 만나는 상상을 해보았다. 이런 희망을 간직하고 위그는 저녁이 되어 같은 시간에 그녀를 봤던 곳으로 향했다. 그는 검게 변한 박공지붕의 집들이 늘어서 있는 오래된 둑길을 성큼성큼 걸었다. 집 창문마다 모슬린 커튼이 쳐져 있었는데, 커튼 뒤에서는 한가한 여자들이 그가 왔다 갔다 돌아다니는 것에 갑작스레 관심을 가지고 그를 염탐하고 있었다. 그는 사거리 어느 모퉁이에서 그녀를 갑자기 마주치길 바라며 한적한 길과 구불구불한 골목길 여기저기로 들어갔다.

그렇게 좌절된 기다림 속에 일주일이 지나갔다. 그녀를 만날 수 있다는 생각을 이미 조금씩 떨쳐버리던 차에 어느 월요일, 그녀를 처음 봤던 바로 그 월요일, 그는 그 여인을 다시 만났다. 그녀를 보자마자 바로 알아볼 수 있었는데, 그녀는 그를 향해 균형 잡힌 걸음으로 다가오고 있었다. 여자는 지난번보다 더 아내와 완벽하게 닮은 모습을 하고 나타나 그가 공포를 느낄 정도였다.

흥분한 나머지 그의 심장은 거의 박동을 멈춰 마치 죽을 것 같았다. 피 끓는 소리가 그의 귓전에 울렸다. 하얀 모슬린, 웨딩 베일, 영성체를 받는 여자들의 행렬 때문에 눈앞이 흐릿해졌다. 그러고 나니 그의 앞을 지나가는 얼룩 같은 그녀의 그림자가 너무나도 가깝고 검게 보이는 것이었다.

여인은 위그가 동요한 것을 분명 알아차렸다. 그녀가 놀란 기색으로 그를 쳐다봤기 때문이다. 아! 공허함으로부터 나온 그 눈빛이 그에게로 다시 돌아왔다! 다시는 볼 수 없을 거라 믿었던 그 눈빛이, 땅속으로 녹아들었다고 생각했던 그 눈빛이, 이제는 조용히 부드럽게 다시 피어나 어루만지듯 그를 향하고 있음을 느꼈다. 먼 곳에서 와닿은 그 눈빛은 무덤에서 되살아나 나사로가 예수를 바라볼 때의 눈빛처럼 다가왔다.

위그는 완전히 맥이 풀린 느낌이었고, 그의 모든 존재가 매혹되어 그녀가 지나간 흔적에 이끌렸다. 죽은 아내가 그의 앞에 있었다. 그녀가 걸어왔다. 그리고 가버렸다. 그는 그녀를 뒤따라가서 가까이 다가가 그녀를 보고, 되찾은 그녀의 눈빛을 들이마시고, 빛나는 그녀의 머리카락으로 자신의 삶을 되살려야만 했다. 그는 아무것도 따지지 않고 그녀를 도시의 끝까지, 그리고 세상 끝까지 쫓아가지 않으면 안 되었다.

그는 생각하지 않았다. 기계적으로, 이번에는 아주 가까이서, 그녀를 다시 놓칠까 봐 조마조마한 마음으로, 구불구불 돌아가는 길이 펼쳐진 오래된 도시를 가로질러 그녀의 뒤를 따라 걸어가기 시작했다.

그로서는 예외적이라 할 수 있을 이 행동, 그러니까 여자를 따라가는 행동을 일 분도 생각하지 않았다. 아니다! 그가 따라가는 여자, 석양이 질 무렵 산책길에 동행하는 여자, 무덤까지 그가 다시 배웅하게 될 여자는 바로 '그의' 아내였다….

위그는 꿈속처럼 자석에 이끌리듯 미지의 여인 옆 또는 뒤에서 계속해서 걸어간 나머지 황량한 둑길을 지나 상점가로 이루어진 도심 그랑플라스에 이르게 되었다는 사실을 알아차리지 못했다. 그랑플라스의 거대하고 어두운 벨포트 종탑은 시계 표면으로 된 금색 방패로 번져가는 밤에 저항하고 있었다.

날렵하고 빠른 그 젊은 여인은 그가 뒤쫓는 것을 피하기라도 하는 듯 고물이 된 선미처럼 조각 장식이 있는 오래된 외관의 플라망드 길로 들어섰다. 그녀는 상점의 불이 밝혀진 쇼윈도나 가로등의 넓게 퍼진 후광을 지날 때마다 더욱 선명하게, 더욱 뚜렷한 윤곽을 띠며 나타났다.

위그는 그녀가 갑자기 길을 건너 문이 열린 극장을 향해 나아가는 것을 보았다. 그녀는 그곳으로 들어갔다.

위그는 멈추지 않았다…. 그는 관성의 힘이 되었고, 추적 위성이 되었다. 영혼의 움직임 역시 속도를 확보했다. 전에 느꼈던 충동에 따르면서 사람들이 몰려드는 입구를 그 역시 뒤이어 뚫고 들어갔다. 하지만 그녀의 환영은 흔적도 없이 사라졌다. 어디에도, 줄 서 있는 사람들 사이에서도, 표를 검사하는 곳에서도, 계단에서도, 그 젊은 여인을 찾을 수 없었다. 어디로 사라진 걸까? 어느 복도를 따라 가버린 걸까? 어느 쪽 옆문으로 갔을까? 그녀가 들어가는 것을 봤기 때문에 틀릴 리가 없었다. 그녀는 공연을 보러 가는 것이 분명했다. 그녀는 곧 공연장에 갈 것이다. 어쩌면 이미 그곳에서 일반 관람석 아니면 검붉은 칸막이 좌석에 자리를 잡고 앉아 있을지도 모른다. 그녀를 다시 찾아야 한다! 그녀를 다시 만나야 한다! 저녁 내내 그녀의 모습을 분명하게 살펴보아야 한다! 그는 좋으면서도 고통스럽게 하는 이 생각에 머리가 빙빙 돌았다. 그러나 그는 그 생각에 저항할 상상조차 하지 못했다. 아무것도 생각하지 않았다. 한 시간 전부터 자제하지 못하고 무절제하게 내디뎠던 발걸음도, 새롭게 작정한 자신의 비이성적인 행동도, 그가 언제나 품고 있는 사별의 슬픔에도 불구하고 연극 공연에 입장하는 비정상적인 행동도 생각하지 않고 주저 없이 매표소를 향해 좌석을 하나 요청했고, 공연장으로 들어갔다.

그의 눈은 빠르게 모든 좌석, 무대 앞 일등석 줄, 칸막이 관람석, 퍼져 나가는 샹들리에 빛을 받으며 조금씩 채워지고 있는 2층 좌석을 샅샅이 살펴보았다. 그는 그녀를 찾지 못해 당황하고, 불안하고, 슬펐다. 어떤 불길한 운명이 그를 농락했던 것인가? 환각을 일으키는 얼굴이 차례대로 모습을 드러냈다가 자취를 감추었다! 마치 구름 속에서 모습을 나타내는 달처럼 간헐적으로 나타나다니! 그는 기다렸고, 계속해서 그녀를 찾았다. 공연 시간에 늦은 관객들은 문과 의자가 삐걱대는 소리 속에서 서둘러 자리를 잡았다.

그녀만은 절대 나타나지 않았다.

그는 경솔한 자신의 행동을 후회하기 시작했다. 사람들이 그의 존재를 알아보고, 오페라글라스로 그를 볼 수밖에 없었고, 그의 출현에 놀랐기 때문에 더욱더 그랬다. 물론 그는 누구하고도 어울리지 않았다. 가족 그 누구와도 교류하지 않고 혼자 살았다. 하지만 저마다 적어도 안면이 있고, 그가 누구인지도, 그리고 그의 숭고한 슬픔에 대해서도 알고 있었다. 사람이 많이 살지 않는 이 브뤼주라는 도시에서는 모두가 서로를 알고, 새로운 얼굴에 대해 정보를 캐고, 이웃들에게 그 정보를 알려주거나 물어보기

때문이다.

그것은 놀라운 일이었고, 일종의 전설이 거의 끝났음을 알리는 것이었으며, 절망에 빠진 홀아비에 관해 이야기할 때 항상 미소 짓던 사악한 사람들의 승리였다.

위그는 사람들에게서 나온 무엇인지 모를 기이한 기운에 이끌려, 그리고 그 기운이 하나의 집단적인 생각으로 일치된 바로 그때, 자기 자신이 잘못을 저질렀다는 느낌을, 고귀함이 깨져버렸다는 느낌을, 아내에 대한 숭배를 상징하는 꽃병에 처음으로 균열이 가면서 지금까지 잘 유지되었던 자신의 고통이라는 물이 다 빠져버린 것 같은 느낌을 받았다.

그 와중에 오케스트라는 공연할 작품의 서곡을 막 연주하기 시작했다. 위그는 옆에 있는 사람이 가진 프로그램에 굵은 글씨로 쓰여 있는 제목을 읽었다. '악마 로베르 Robert le Diable'. 대부분의 지방 공연에서 볼 법한 영락없는 오래된 구성의 오페라 가운데 하나였다. 이제 바이올린 파트가 첫 소절을 연주하고 있었다.

위그는 한층 더 혼란스러웠다.

아내가 죽은 이후로 그는 음악을 전혀 듣지 않았다. 악기의 선율에 겁이 났다. 길거리에서 들리는 시큼하게 가르랑거리는 소리의 아코디언 연주에도 눈물이 흐를 수 있

었다. 검은 벨벳과 영구대靈柩臺로 교인들을 덮어버리는 듯한 노트르담 성당이나 성 발부르가 성당에서 주일에 연주되는 오르간 소리를 들었을 때도 마찬가지였다.

오페라 음악은 이제 그의 뇌를 익사시키고 있었다. 현악기의 활은 그의 신경 위에서 연주되었다. 눈이 따끔거렸다. 또 눈물을 흘리려는 것일까? 그가 떠나려고 할 때 이상한 생각이 뇌리를 스쳤다. 조금 전 닮은 사람에게서 위안을 얻기 위해 미친 듯이 공연장에 들어오면서까지 뒤쫓았던 여자는 이곳에 없을 것이라고 그는 확신했다. 하지만 그녀는 그가 보는 앞에서 극장에 들어갔다. 그녀가 공연장에 없다면, 무대 위에 서는 것은 아닐까?

그것은 이미 그의 영혼을 완전히 찢어버리는 듯한 신성모독이었다. 아내와 같은 얼굴, 조명으로 또렷하게, 그리고 화장으로 도드라지는 바로 그 얼굴. 만약 그가 그렇게 뒤쫓다가 갑자기 어떤 쪽문으로 사라져버린 그 여인이 배우였고, 갑자기 나타나 연기를 하고 노래하는 그녀를 보게 된다면? 아! 그녀의 목소리는? 약간의 청동이 섞인 은과 같은 금속성을 띤, 그가 두 번 다시는 결코 듣지 못할 똑같은 목소리, 여전히 악랄할 정도로 아내와 닮은 그 목소리일까?

위그는 갈 데까지 갈 수도 있을 이 우연의 가능성만으

로도 몹시 당황했다. 그는 자신의 의심이 맞을 것이라는 일종의 예감을 가지고 고뇌에 가득 찬 채로 기다렸다.

막이 계속해서 바뀌었지만, 그는 아무것도 알아내지 못했다. 위그는 분을 바르고 목각인형처럼 짙은 화장을 한 가수들 중에서도, 합창대에서도 그녀를 발견하지 못했다. 공연에서 그 외의 것에는 무관심한 그는 수녀들이 나오는 장면이 끝나면 떠나야겠다고 확실히 결심했다. 장면의 배경은 묘지였는데, 그것은 죽음에 대한 생각들을 모두 되살아나게 했다. 하지만 그의 기억을 되살리는 레치타티보가 흘러나오는 찰나, 죽음에서 깨어난 수녀원의 수녀들 분장을 한 발레 무용수들이 한 줄로 늘어서서 지나가고, 헬레나가 무덤 위에서 살아 움직이며 수의와 수녀복을 벗어 던지고 부활하자, 위그는 불길한 꿈에서 깨어난 후 비틀거리는 눈앞에서 빛이 너울거리는 연회장에 들어가는 사람처럼 충격을 받았다.

그렇다! 그녀였다! 그녀는 무용수였다! 그러나 그는 그에 대해 일 분도 생각하지 않았다. 실제로 돌무덤에서 내려온 죽은 아내, 지금 저편에서 웃음을 띠고 팔을 뻗으며 다가오고 있는 바로 '그의' 죽은 아내였다.

너무나 닮아서 눈물이 날 정도였다. 그녀는 어스레한 석양을 두드러지게 하는 흑갈색 빛 눈, 금발 특유의 명료

한 색의 머리카락을 가지고 있었다….

너무나도 순간적인 그녀의 강렬한 등장과 함께 이내 막이 내렸다.

혼란스러우면서도 기쁜 마음에 머리가 지끈거리는 위 그는 어두운 밤에도 그의 앞에 빛의 프레임을 펼쳐놓는 그 끈질긴 환영에 여전히 사로잡힌 듯 둑길을 따라 돌아갔다…. 마법의 거울 너머에 모습을 드러낸 여인의 천상의 이미지를 뒤쫓는 파우스트 박사처럼!

IV

위그는 재빨리 여자에 대해 알아보았다. 이름은 알 수 있었다. 제인 스코트. 그녀의 이름이 포스터에 큰 글씨로 쓰여 있었다. 그녀는 릴에 거주하면서 자신이 속한 극단과 함께 브뤼주에 일주일에 두 번씩 공연을 하러 왔다.

여자 무용수들이 정숙한 사람으로 여겨지는 일은 별로 없다. 어느 날 저녁, 그는 죽은 아내와 닮은 모습이 주는 가슴 아픈 매력에 이끌려 그녀에게 다가갔다.

그녀는 놀란 기색 없이 마치 만나기를 기다렸다는 듯 대답했는데, 그녀의 목소리는 위그의 영혼까지 뒤흔들었다. 목소리 역시 그랬다! 그녀의 목소리는 너무나도 닮아서 아내의 목소리를 다시 듣는 듯했고, 같은 색깔로 똑같이 세공된 듯했다. '유사성'의 악마가 그를 농락하고 있었다! 그런 것이 아니면 두 얼굴 사이에 배합의 비밀이 숨겨져 있거나 그런 눈이나 그런 머리카락에 상응하는 목소리

죽음의 도시 브뤼주

가 있다는 것인가?

그녀가 죽은 아내의 진주 같은 눈과 크고 검은 눈동자, 보기 드문 금빛을 띤 머리카락을 가지고 있으니 아내의 말투를 지니지 않을 리가 있겠는가? 그녀를 더 가까이서, 아주 가까이에서 보니 예전의 여인과 새로운 여인 사이에는 그 어떤 차이점도 찾아볼 수 없었다. 위그는 어리둥절했다. 그녀는 화장과 타오르는 조명에도 불구하고 아내처럼 자연스럽고 결점 없는 피부를 갖고 있었다. 그녀의 태도에서도 여자 무용수들이 가진 경망스러운 모습은 전혀 느껴지지 않았고, 수수한 옷차림에 신중하고 온화한 마음을 가지고 있는 것 같았다.

위그는 그녀를 여러 번 다시 만나 대화를 나누었다. 닮은 꼴의 마법이 시작되었다…. 하지만 극장에 다시 가는 것만은 되도록 피했다. 첫날 저녁에는 운명의 기분 좋은 음모가 펼쳐졌다. 그녀는 위그에게 분명 다시 만난 죽은 아내의 환영이었기 때문에 그녀가 다른 무엇보다도 달빛이 비치는 요정극을 배경으로 무덤에서 되살아난 사람처럼 느껴지는 것은 당연했다.

하지만 이제 그는 더 이상 그녀를 상상하려고 하지 않았다. 그녀는 차분한 옷차림으로 어둠 속에서 삶을 다시 시작하며 다시 여자로 태어난 아내였다. 그 환상이 온전하게 유지될 수 있게 위그는 도시적인 옷차림을 한 무용수만을 보길 원했다. 그런 옷차림이 아내와 더 많이 닮다 못해 완전히 똑같은 사람으로 보이기 때문이었다.

　이제 그는 그녀를 보기 위해 자주 찾아갔고, 공연이 있을 때마다 호텔 방에서 내려오는 그녀를 기다렸다. 처음에 위그는 위안을 주는 그 거짓말 같은 얼굴에 만족했다. 그는 그녀의 얼굴에서 죽은 아내의 모습을 찾고 있었다. 그는 고통스러우면서도 기쁜 마음으로 한참 동안 그녀를 바라보았다. 그녀의 입술, 머리카락, 얼굴빛을 머릿속에 저장하고 지친 눈으로 그 모든 것을 베껴놓았다…. 말라버린 줄 알았던 우물에 어떤 존재가 차오르면서 흥분과 황홀감이 느껴졌다. 우물물은 더 이상 헐벗은 상태가 아니었다. 거울이 살아난 것이다!

　그녀의 목소리에 대한 환상을 간직하기 위해 가끔 그는 눈을 감고 그녀의 말을 듣고 그 소리를 흡수했다. 그녀의 목소리는 이따금 작아지거나 솜처럼 뭉쳐진 말을 할 때를 제외하고는 거의 분간할 수 없을 정도로 아내의 목소리와 똑같았다. 마치 아내가 커튼 뒤에서 말을 하는 것 같았다.

　그러나 그녀가 무대에 처음으로 등장했을 때의 혼란스러운 기억이 계속되었다. 그녀의 맨팔, 목, 유연한 등줄기를 어렴풋이 보았지만, 이제는 드레스 안에 갇힌 그 모든 것들을 상상하게 되는 것이었다.

육체적 호기심이 그를 엄습했다.

오랫동안 떨어져 있던 두 연인의 열정적인 포옹을 누가 설명할 수 있을까? 같은 여인이 다시 나타났기 때문에 여기서 죽음은 부재에 지나지 않는 것이었다.

위그는 제인을 보면서 죽은 아내를, 지난날 그들이 했던 키스와 포옹을 생각했다. 그는 이 여인을 소유함으로써 죽은 아내를 다시 소유할 수 있을 것이라 믿었다. 완전히 끝났다고 여겨졌던 것이 다시 시작되려 하고 있었다. 심지어 위그는 그의 '아내'를 배신하지도 않을 것이었다. 다시 나타난 이 형상 속에서 그가 사랑하게 될 사람은 여전히 그녀였고, 그녀의 입과 똑같은 그 입술에 키스할 것이기 때문이다.

그렇게 위그는 이 음산하고도 격정적인 기쁨을 알게 되었다. 그의 정열은 불경한 것이 아니라 좋은 것이었다. 이 두 여인을 단 하나의 존재, 사라졌다가 되찾은, 과거에서처럼 현재도 여전히 사랑받는 존재, 똑같은 눈, 똑같은 머리카락, 하나의 피부, 그가 변함없이 충실하게 임하는 단 하나의 육체를 가진 존재로 만들었기 때문이다.

이제 제인이 브뤼주에 올 때마다 위그는 늦은 오후 어느 때고 공연 전에 그녀를 만났다. 특히 그는 공연이 끝난 고요한 밤, 늦은 시간까지 그녀 곁에 머무르면서 즐거워했다. 그가 지닌 엄청난 슬픔은 그대로고 그녀의 호텔 방은 임시로 거쳐 가는 곳과 같은 분위기를 풍기고 있어 여전히 낯설다는 사실은 분명했지만, 그는 차츰 몇 년간의 괴로운 나날들이 전혀 존재하지 않았고, 늘 그랬듯 이런 관계는 사랑으로 이루어진 가정을 의미하며, 그녀는 원래 그의 부인이고, 그에게 허락된 포옹을 하기 전 느낄 수 있는 차분하고 친밀한 감정을 가리키고 있다고 확신하기 시작했다.

기분 좋은 저녁들이 이어졌다. 닫힌 방, 내면의 평화, 서로 그 자체만으로도 충분한 남녀의 결합, 고요함과 조용한 평화! 눈은 나방처럼 모든 것을 잊었다. 어두운 모퉁이, 차가운 유리창, 밖에서 내리는 비, 겨울, 시간의 죽음을 알리는 자명종. 눈은 이제 등불의 좁은 원 안에서만 돌아다니고 있었다!

위그는 이런 저녁 시간에 다시 살아났다…. 모든 것을 잊은 채! 새로운 시작! 시간은 돌이 없는 침대 위에서 비스듬히 흘러간다…. 그리고 살아 있는 우리는 이미 영원 속에서 살아가고 있는 듯하다.

V

위그는 녹음이 짙은 수풀과 풍차로 이르는 산책길을 따라 지어진 쾌적한 집에 제인을 들였다.

동시에 그는 제인이 극장을 그만두게 했다. 그렇게 언제나 그녀를 브뤼주에서 자신의 곁에 둘 수 있으리라. 위그는 또래의 근엄한 남자가 그 악명 높은 달랠 길 없는 사별의 슬픔을 겪은 후에 한 여자 무용수에 푹 빠질 거라는 생각은 조금이라도 해본 적이 없었다. 사실을 말하자면, 그는 그녀를 사랑하는 것은 아니었다. 그는 그저 이 환상이 영원히 계속되길 원했다. 제인의 얼굴을 감싸고 그녀를 곁에 가까이했던 것은 그녀의 눈을 바라보면서 아내에게서 봤던 것을 찾기 위해서였다. 아마도 그녀의 눈에서도 떠다닐 색조, 반사광, 진주, 영혼에 뿌리를 두고 있는 꽃을.

어떤 때는 그녀의 머리를 풀어 어깨에 넘치도록 하고,

실제로는 존재하지 않는 머리 뭉치와 함께 한꺼번에 땋을 것처럼 마음속으로 헤아려보기도 했다.

제인은 위그의 이런 이상한 행동을, 말없이 그녀를 바라보는 행동을 전혀 이해할 수 없었다.

그녀는 이 관계가 시작되던 무렵, 염색된 머리라고 위그에게 말했을 때 알 수 없는 그의 슬픈 모습을 잊지 않고 있었다. 그때 이후로 위그는 불안해하며 그녀가 같은 색으로 머리를 유지하고 있는지 몰래 감시하곤 했다.

"이제 머리를 염색하고 싶지 않아요." 어느 날 그녀가 말했다.

그는 이 일로 몹시 동요된 듯 보였고, 그가 그토록 좋아했던 밝은 금빛의 머리를 유지하라고 강요했다. 또 이 이야기를 하면서 그녀의 머리카락을 잡아 손으로 쓰다듬고, 마치 구두쇠가 되찾은 보물에 그러듯 머리카락에 손가락을 파묻기도 했다.

그는 불명확하게 중얼거리기도 했다. "아무것도 바꾸지 마…. 당신이 이런 모습이기 때문에 당신을 사랑하는 거야! 아! 당신은 몰라, 당신의 머리카락에서 내가 무엇을 느끼는지 절대 알지 못할 거야…."

그는 더 많은 것을 이야기하고 싶은 듯 보였다. 그러나 비밀의 심연 끝에 다다른 것처럼 말을 멈췄다.

제인이 브뤼주에 정착한 뒤로 위그는 거의 매일 그녀를 만나러 왔고, 대부분의 저녁 시간을 그녀의 집에서 보내면서 가끔 그곳에서 저녁 식사를 했다. 그의 늙은 하녀 바르브는 이를 언짢아했고, 위그가 저녁을 먹고 온 다음 날이면 공연히 식사를 준비하고 그를 기다린 것을 불평했다. 바르브는 그가 식당에서 저녁을 먹고 온다는 말을 정말로 믿는 척했다. 하지만 바르브는 내심 그를 의심했고, 예전에는 그렇게 시간을 잘 지키고 외출을 싫어했던 주인의 모습을 더는 찾아볼 수 없었다.

위그는 자신의 집과 제인의 집을 오가는 시간을 분배해가며 외출을 많이 했다.

늦은 오후에만 외출하던 습관 때문에 제인의 집에는 되도록 저녁 무렵에 갔다. 일부러 인적이 드문 동네에 구한 그 집으로 가는 길에 다른 이들의 눈에 크게 띄지 않기 위해서이기도 했다. 그는 이런 변화의 동기와 계략이 단지 핑계일 뿐만 아니라 아내 앞에서, 그리고 신 앞에서도 거의 사면과 갱생으로 작용한다는 것을 알고 있었기 때문에 자기 자신에 대해 그 어떤 부끄러움이나 당혹스러운 감정을 느끼지 않았다. 하지만 고상한 척하는 지방 사람들에 대해서는 신경을 써야 했다. 사람들의 시선이 어루만지듯 끊임없이 자신에게로 향하는 것을 느낄 때 어떻게 하면

죽음의 도시 브뤼주

이웃에 대해, 사람들의 적개심 또는 존경심에 대해 신경 쓰지 않을 수 있을까?

특히 이런 가톨릭 도시 브뤼주에는 엄격한 도덕규범이 존재한다! 곳곳에 있는 높이 솟은 탑들은 돌로 된 수도사의 프록코트를 입은 채 그림자를 늘어뜨린다. 또 셀 수 없이 많은 수녀원에서는 은밀한 장밋빛 육체에 대한 경멸과 순결에 대한 찬양이 쉽게 전염되며 발산되고 있는 듯하다. 길모퉁이마다, 그리고 나무와 유리로 된 찬장 안에는 바래져가는 종이로 만든 꽃들 사이에 벨벳 외투를 입은 성모 마리아가 세워져 있고, 손에는 '나는 순결한 여인이다'라고 외치듯 적혀 있는 천을 펼쳐 들고 있다.

이 도시에서 치정이나 혼외관계는 언제나 타락한 행위, 지옥으로 가는 길, 십계명의 여섯 번째와 아홉 번째 계명을 어긴 죄로 생각되어 낮은 목소리로 고해성사를 하게 하고, 회개하는 자들의 얼굴에는 혼란스러운 빛을 띠게 한다.

위그는 브뤼주의 이런 엄격함에 대해 알고 있었고, 그것을 거스르는 일을 피하려고 했었다. 하지만 이 좁디좁은 지방 도시의 삶에서는 어떤 것도 피해 갈 수 없었다. 얼마 되지 않아 그도 모르는 사이에 그의 행동은 종교적인 분노를 불러일으켰다. 빈축을 산 신앙심은 쉽게 조롱으로

죽음의 도시 브뤼주

표현되기 마련이다. 그렇게 성당은 석루조의 괴물 가면을 쓰고 웃음을 짓고 악마를 능멸하는 것이다.

사별한 남자와 무용수와의 관계가 알려졌을 때, 위그는 은연중에 마을의 웃음거리가 되었다. 이 일에 대해 모르는 사람이 없었다. 집집마다 소문과 잡담이 나돌고, 험담이 퍼지고, 여신도들은 호기심을 가지고 그 소문을 들었다. 죽은 도시의 길거리마다 추문이 자라나는 것이다.

사람들은 그의 오랜 절망과 가시지 않는 회한, 오로지 무덤에 놓은 꽃다발에서만 생겨나고 또 그것에만 묶여 있는 그의 모든 생각을 알고 있었던 만큼 더욱더 그 정사를 비난했다. 영원할 것이라 믿었던 애도는 이제 그렇게 끝이 나고 있었다.

모두가 속고 있었다. 방탕한 여자에게 사로잡힌 게 분명한 이 불쌍한 홀아비조차도. 사람들은 그녀를 잘 알고 있었다. 그녀는 극장에서 일하던 무용수였다. 사람들은 그녀의 흔들거리며 걷는 모습과 노란 머리에는 걸맞지 않은 정숙한 체하는 그녀의 태도에 다소 분개하면서 오며 가며 대놓고 비웃었다. 그들은 심지어 그녀가 어디에 사는지, 사별한 그 남자가 매일 저녁 그녀를 보러 간다는 사실도 알고 있었다. 좀 더 심하게는 그 시간과 가는 길까지도 말할 수 있을 정도였다….

호기심 많은 도시 여자들은 한가한 오후, 교차로에 앉아 공연히 그가 지나다니는 것을 지켜보았다. 그들은 창가에 앉아 집집마다 창문 바깥에 붙어 있는 '스파이'라고 불리는 일종의 작은 유리창을 통해 그를 감시했다. 비스듬히 기울어진 유리로 거리의 불분명한 윤곽이 나타난다. 이 반짝이는 함정은 어느 틈엔가 행인들의 모든 꿍꿍이를, 그들의 행동, 웃음, 그들 눈에 잠시 스치는 생각을 포착한다. 누군가가 동정을 살피고 있는 집 안으로 이 모든 것이 반사되는 것이다.

거울의 배신 덕분에 사람들은 위그의 왕래와 거의 내연관계에 가까운 제인과의 일에 대한 세세한 내용을 빠르게 알게 되었다. 그가 고집하는 환상, 해 질 녘에만 그녀를 만나러 가는 순진한 조심성 때문에 처음에는 사람들을 불쾌하게 했던 이 관계에 일종의 우스꽝스러움이 더해졌고, 분노는 웃음으로 끝났다.

위그는 아무것도 의심하지 않았다. 해가 질 무렵이면 그는 계속 외출에 나섰고, 일부러 우회하여 아주 가까운 교외로 향했다.

이제는 해 질 녘 산책이 그에게는 얼마나 덜 고통스럽게 느껴지는지! 그는 도시와 백 년 된 다리, 그리고 물이 한숨짓는 죽음의 둑길을 통과했다. 저녁에는 다음 날 기

일 미사가 있을 때마다 종소리가 울리곤 했다. 아! 요란하게 울리는 종소리는 이미 그에게서 너무 먼 곳에서, 다른 하늘에서 울리는 듯했다….

지붕의 빗물이 넘쳐 떨어지고, 다리 밑 터널이 차가운 눈물을 흘리고, 달랠 길 없이 말라가는 샘의 신음처럼 물가의 포플러들이 떨고 있었지만, 위그는 더 이상 이 고통의 소리를 듣지 못했고, 수천 개의 운하로 된 붕대에 싸여 있는 것처럼 견고한 도시를 더는 알아보지 못했다.

그 역시 홀아비인 것처럼 보였던 과거의 도시, 그러니까 이 죽음의 도시 브뤼주는 우울이라는 유약이 살짝 스치고 지나갔을 뿐이었다. 그는 위로를 받으며 그의 침묵 너머로 걸어갔다. 마치 브뤼주 역시 무덤에서 불쑥 나타나 옛 도시를 닮은 새로운 도시를 자신에게 주는 것처럼.

매일 저녁 나가 제인을 다시 만나는 동안에는 그는 조금의 후회도 없었다. 배신했다는 생각, 모방에 빠져버린 위대한 사랑의 감정, 버림받은 고통, 과부가 처음으로 상장喪章과 캐시미어에 빨간 장미 한 송이를 달 때 그녀의 골수에 흐르는 그 작은 떨림조차 단 일 분도 느껴지지 않았다.

VI

　위그는 생각했다. 이 유사성에 얼마나 형언할 수 없는 힘이 있는지!

　이것은 인간 본성의 모순된 두 가지 욕구에 일치한다. 익숙함과 새로움. 익숙함은 인간 존재의 규칙이자 리듬 그 자체다. 위그는 손쓸 도리 없이 그의 운명을 결정지은 그 익숙함을 뼈저리게 경험했다. 그는 언제나 소중한 여인의 곁에서 십 년을 보냈기 때문에 그녀를 더는 끊어낼 수 없었고, 그의 곁에 존재하지 않는 그녀에게 계속해서 몰두하고 다른 얼굴에서 그녀의 모습을 찾은 것이다.

　또 다른 한편, 새로움에 대한 욕구는 익숙함에 못지않게 본능적이다. 사람은 똑같은 행복을 소유하는 것에 싫증을 낸다. 건강과 마찬가지로 사람들은 오로지 그 반대의 것을 인식함으로써 행복을 누린다. 사랑 역시 간헐적으로 이루어지며 존재한다.

유사성은 분명 익숙함과 새로움을 우리 안에서 조화시키고 균등하게 하여 어떤 불확실한 지점에서 두 가지를 결합한다. 그것은 익숙함과 새로움의 지평선인 것이다.

특히 사랑의 경우, 이런 종류의 정제된 것, 다시 말해 옛 여인을 닮은 새로운 여인의 매력이 작용한다!

오랫동안 겪은 고독과 아픔으로 인해 영혼의 그런 미묘한 변화에까지 민감하게 반응했던 위그는 점점 커지는 기쁨을 느끼며 이 매력을 즐겼다. 그가 혼자가 되자마자 브뤼주에 살러 온 것은 닮은 모습이 지니는 매력에 대한 어떤 선천적인 감각 때문이 아니었을까?

그는 '유사성에 대한 감각'이라고도 부를 수 있을 부차적인 감각을 지니고 있었는데, 가냘프고 미약한 이 감각은 천 가닥의 가느다란 선으로 익숙함과 새로움 사이에 존재하는 것들을 이어주고, 성모 마리아의 실로 나무들을 연결하며, 그의 영혼과 위로할 수 없는 탑들 사이에 무형의 전보電報를 만들어냈다.

바로 이런 이유로 그는 브뤼주를, 커다란 행복이 빠져나가듯 바다가 빠져나간 브뤼주를 선택했다.

이것은 그 자체로도 유사성에 따른 현상이었는데, 그의 마음이 '회색빛 도시들' 가운데 가장 위대한 이 도시와 가장 잘 맞을 것이기 때문이었다.

매일같이 만성절萬聖節*의 분위기를 띠는 브뤼주의 회색빛 길거리가 지닌 우울함이란! 수녀들의 머리쓰개의 흰색과 신부가 입는 수단의 검은색으로 만들어진 듯한 이 회색이 이 도시에서 끊임없이 전염되고 있었다. 회색의 신비, 영원한 약식 상복의 색깔!

모든 거리의 곳곳에 있는 건물의 외관이 지닌 색조는 한없이 변주한다. 어떤 것들은 옅은 녹색 도료 또는 흰색 회반죽을 덧바른 빛바랜 벽돌로 되어 있다. 그러나 바로 옆의 다른 건물들은 밋밋한 목탄화, 그을린 에칭화와도 같은 검은색을 띠고 있어 약간 밝은 빛의 바로 옆 건물들의 색조를 보완하고 상쇄한다. 어쨌든 그렇게 전체적으로 회색빛이 발산되고, 도시를 감돌며, 둑길처럼 줄지어 있는 담벼락을 따라 퍼져 나가는 것이다.

종소리 역시 다소 검은색으로 느껴진다. 공기 중에 희미하게 녹아든 이 검은색은 똑같이 회색을 띤 소음으로 다가와 배회하며, 튀어 오르고, 운하 위에서 일렁인다.

그리고 운하는 그 자체로, 그토록 많은 반사광에도 불구하고, 파란 하늘의 구석구석, 지붕의 기와, 물 위를 떠다니는 새하얀 백조들, 길가의 푸르른 포플러에도 불구하고,

---

* 모든 성인을 기념하는 가톨릭 축일 11월 1일.

죽음의 도시 브뤼주

색깔 없는 침묵의 길로 하나가 된다.

날씨의 기적으로 상호 침투가 이루어져 알 수 없는 공기의 화학적 작용을 통해 지나치게 강렬한 색채들은 하나의 몽상으로, 회색에 가까운 반수 상태의 혼합물로 환원된다.

이것은 마치 북부 지방의 잦은 안개, 하늘의 흐릿한 빛깔, 화강암으로 된 둑길, 계속해서 내리는 비, 여기저기 들리는 종소리가 한데 뒤섞여 대기의 색채에 영향을 주는 것 같았다. 그리고 이 오래된 도시에 존재하는 시간의 꺼진 불씨, 묵묵히 자신의 작품을 쌓아가고 있는 세월의 모래시계에도.

이것이 바로 위그가 이 도시에서 은둔하길 원했던 이유였다. 서서히, 그러나 분명히 이 미세한 영원의 먼지 아래에 묻히고 매몰되어 그의 영혼을 회색으로, 도시의 색으로 만들 마지막 에너지를 느끼기 위해!

이 유사성에 대한 감각은 갑작스럽고 기적에 가까운 만남으로 인해 이제 다시 작용하고 있었지만, 이번에는 반대였다. 어떻게, 그리고 어떤 운명의 장난으로 인해 그가 일찍이 간직하고 있던 추억들과는 멀고 먼 이 브뤼주에서 돌연 그 추억들을 모두 떠올리게 하는 이 얼굴이 떠오른 것일까?

기이한 우연이었지만, 이제 위그는 예전에 그가 도시와 닮아 있다는 것에 열광했던 것처럼, 제인과 죽은 아내의 닮은 모습에 도취해버리고 말았다.

VII

위그가 제인을 만난 몇 달 동안 그 어떤 것도 그가 다시 겪고 있는 거짓말 같은 상황에 영향을 주지 못했다. 그의 삶이 얼마나 변했던가! 그는 더 이상 슬프지 않았다. 거대한 공허 속에서의 외로움을 더는 느끼지 않았다. 예전의 그가 했던 사랑은 너무 멀리 있어 영원히 닿을 수 없을 것 같았지만, 이제는 제인이 그것을 위그에게 되돌려주었다. 그는 제인에게서 그 사랑을 다시 발견했고, 물에 그 모습이 그대로 비친 달을 보는 것처럼 제인에게서 그 사랑을 보았다. 그리고 지금까지 그 모습 전체를 일그러뜨리는 고약한 바람이 불어도 이 사랑의 그림자에는 어떤 물결도, 어떤 떨림도 생기지 않았다.

그것은 정말로 그가 닮은 꼴의 모방 속에서 끊임없이 숭배했던 죽은 아내, 한순간도 숭배하고 추억하는 데 충실하지 않다고 생각한 적이 없었던 죽은 아내였다. 매일 아침, 아내가 세상을 떠난 다음 날에도 사랑의 십자가 길을 순례하듯 그는 그녀에 대해 간직하고 있는 추억들을 위한 예배를 드렸다. 그는 아침에 일어나자마자 고요한 어둠이 드리운 응접실의 반쯤 열린 덧창과 한 번도 흐트러진 적 없는 가구들 사이에서 아내의 초상화를 앞에 두고 오랫동안 슬퍼했다. 그곳에는 처녀 시절 약혼을 앞둔 아내의 사진이 있었다. 액자 중앙에는 큰 파스텔화가 있었는데, 그것을 덮고 있는 반짝거리는 유리가 그림을 차례로 감췄다가 보여주면서 단속적인 실루엣을 만들어내고 있었다. 이곳에 있는 작은 원탁 위에는 에나멜을 새긴 액자에 끼워 넣은 또 다른 사진이 있었는데, 그녀가 축 늘어진 백합처럼 이미 고통스러운 모습을 보였던 말년의 초상사진이었다…. 위그는 성반聖盤이나 성유골함에 하듯 사진에 입술을 갖다 대고 입맞춤을 하곤 했다.

아침에도 역시 그는 아내의 머리카락을 넣어둔 크리스털 보석상자를 바라보았다. 언제나 상자를 잘 보이는 곳에 두었지만, 뚜껑을 겨우 열어보기만 할 뿐이었다. 그는 감히 그것을 꺼내서 손에 감아보지도 못했다. 그 머리카락은 신성했다! 그것은 이 유리관에서 최상의 잠을 자려고 무덤을 빠져나온 죽은 아내의 일부 그 자체였다. 하지만 그것은 죽은 사람에게 속해 있었기 때문에 어쨌든 죽은 것이었고, 결코 만져서는 안 되었다. 머리카락을 바라보고, 온전히 있음을 인지하고, 여전히 존재함을, 그래서 어쩌면 그 집의 생명이 그 머리카락에 달려 있음을 확인하는 것에 만족해야 했다.

위그가 그렇게 추억을 되살리며 오랜 시간을 보내는 동안, 응접실에 갇힌 침묵 속에서 머리 위의 샹들리에에 매달려 진동하는 크리스털 성수채가 작은 신음을 내고 있었다.

그러고 나서 그는 이런 종교의식의 마지막 장소인 제인의 집에 가는 것이었다. 온전히 살아 있는 머리카락을 지닌 제인, 죽은 아내를 가장 많이 닮은 초상화와도 같은 제인이었다. 심지어 어느 날, 더 특별하게 느껴지는 닮은 모습에 대한 환상을 품기 위해 위그는 기묘한 생각을 해냈고, 그 생각은 그를 곧바로 사로잡았다. 그것은 아내의 사소하고 자질구레한 물건이나 초상화를 간직하는 데 그치는 것이 아니었다. 그는 마치 아내가 부재할 뿐이라는 듯 그녀의 모든 것을 간직하고 싶었다. 아무것도 떼어내지 않고 내어주거나 팔지 않았다. 아내의 방은 그녀가 돌아올 수 있을 것처럼 언제나 매년 새롭게 축성된 회양목 가지와 함께 정돈되어 예전과 같은 상태로 준비되어 있었다. 예전에 쓰던 리넨은 가만히 두는 바람에 약간 누렇게

바랜 채 향낭으로 가득한 서랍에 깨끗하고 완벽하게 쌓여 있었다. 드레스 역시, 그녀가 입던 그대로, 이제는 몸의 움직임을 담지 못하는 실크와 포플린으로 된 그 모든 옷은 옷장에 걸려 있었다.

가끔 위그는 아무것도 잊지 않으려는 집착에, 자신의 회한을 오래 지속시키려는 집착에 그 물건들을 다시 보고 싶었다….

사랑은 신앙처럼 사소한 실천으로 유지된다. 그런데 어느 날, 알 수 없는 욕망이 그의 뇌리를 스쳤다. 이 욕망은 즉시 그를 사로잡았고, 실현될 때까지 머릿속을 떠나지 않았다. 그것은 죽은 아내가 입었던 것처럼 그 드레스들을 입은 제인을 보는 것이었다. 이미 너무나도 닮은 그녀지만, 전에 그가 보았던 꼭 들어맞는 사이즈의 옷 가운데 하나를 입혀 그녀의 닮은 얼굴에 똑같은 옷차림까지 더해진 그녀를 보는 것이었다. 한층 더 다시 돌아온 아내처럼 보이리라.

그렇게 차려입은 제인이 그에게로 다가오는 신성한 순간, 시간과 현실을 지워버릴 순간, 그에게 완전한 망각을 가져다줄 그런 순간!

이 생각은 그의 머릿속에 한 번 들어오자 머리에 박혀 끈질기게 울려댔다.

그는 결심했다. 어느 날 아침, 그는 늙은 하녀를 불러 몇몇 값비싼 드레스를 넣어 옮길 수 있는 트렁크를 다락방에서 가지고 내려오라고 시켰다.

"주인님, 여행 가세요?" 늙은 하녀 바르브가 물었다. 그녀는 예전에는 그렇게 은둔했던 주인이 외출을 하고, 집을 비우고, 밖에서 식사를 하는 새로운 생활 방식을 이해하지 못했고, 그가 엉뚱한 생각을 한다고 여기기 시작했다.

그는 하녀의 도움을 받아 드레스를 꺼내 추려내고 오랫동안 가만히 놔두었던 옷장 속에서 뭉쳐 날리는 먼지들을 털어냈다.

그는 두 벌의 드레스를 골랐는데, 죽은 아내가 가장 마지막으로 사서 정성스레 트렁크 안에 펼쳐 넣어 치맛자락을 가지런히 하고 주름을 펴주었던 옷들이었다.

바르브는 그의 행동을 전혀 이해하지 못했고, 아무도 만지지 않았던 옷이 그렇게 흐트러지는 장면에 충격을 받았다. 옷을 팔려는 것일까? 그녀는 용기 내어 말했다.

"가엾은 부인께서 뭐라고 하실까요?"

위그는 하녀를 쳐다보았다. 그는 창백해져 있었다. 그녀가 짐작한 것일까? 그녀가 알고 있을까?

"무슨 말을 하고 싶은 건가?" 그가 물었다.

"이런 생각이 드네요." 늙은 바르브가 대답했다. "플랑드르에 있는 저희 마을에서는 장례를 치른 일주일 동안 고인의 옷들을 바로 팔지 않으면, 고인이 연옥에 머물러 있지 않도록 유족이 평생 자신이 죽을 때까지 그 옷을 보관해야 해요."

"걱정하지 마." 위그가 안심하며 말했다. "아무것도 팔지 않을 거야. 자네가 말한 그 전통은 일리가 있어."

그는 그렇게 말했지만 잠시 후 삯마차에 짐을 싣게 한 후 떠나는 것을 본 바르브는 어안이 벙벙했다.

위그는 미친 것 같은 그 생각을 제인에게 어떻게 전할지 몰랐다. 그는 자신의 과거를 조심스럽기도 하고 아내에 대해 수치스러움이 들기도 해서 그녀에게 말한 적이 없기 때문이었다. 그녀에게서 찾고 있었던 달콤하면서도 고통스러운 닮은 모습에 대해 넌지시 이야기한 적도 없었다.

트렁크를 내려놓자 제인은 작게 소리를 지르며 폴짝거렸다. "깜짝 놀랐잖아요!" 그가 그녀를 기쁘게 한 것이 틀림없었다. "뭐죠? 선물인가? 드레스?…"

"그래, 드레스야." 위그는 기계적으로 말했다.

"아! 친절도 해라! 그러니까 한 벌만 있는 게 아닌 거죠?"

"두 벌."

"무슨 색이에요? 빨리! 보여줘요!"

그녀는 열쇠를 달라고 손을 내밀며 다가왔다.

위그는 뭐라고 말해야 할지 몰랐다. 본심을 드러내며 감히 말할 자신도, 충동적인 사람처럼 병적인 욕망에 굴복해버린 것을 설명할 자신도 없었다.

트렁크를 열자 제인은 드레스들을 들춰내고 재빠르게 훑어보았는데, 이내 실망한 눈치였다.

"정말 흉하잖아! 그리고 실크 원단에 그려진 이 그림은 얼마나 구식인지! 그런데 이런 드레스들은 어디서 산 거예요? 치맛자락에 이런 장식이 있다니! 십 년 전에나 이런 옷을 입었을 거야. 날 놀리려는 것 같은데!…"

위그는 너무 당황하여 어쩔 줄 몰라 했다. 그는 적절한 말을, 적절한 설명을, 진실이 아니라 또 다른 그럴싸한 설명을 찾고 있었다. 그는 자기가 한 생각이 터무니없다는 것을 깨달았지만, 그 생각은 여전히 그를 괴롭히고 있었다.

오! 그녀가 이것을 받아들인다면! 일 분만이라도 이 옷들 가운데 하나를 입는다면! 아내처럼 입은 그녀를 보는 그 일 분이 진정으로 그에게는 절정에 다다른 닮은 모습과 무한한 망각을 내포하는 것이리라.

그는 그녀에게 다정한 목소리로 설명했다. 그래! 오래된 드레스였고… 그가 물려받았다고… 친척의 옷들을… 그는 장난을 치고 싶었고… 그중 하나를 입은 그녀를 보고 싶었다고. 그건 미친 짓이었다고. 하지만 그랬으면 했다고… 단 일 분이라도!…

제인은 전혀 이해하지 못했다. 그녀는 웃으며 사방으로 드레스를 하나하나 돌리고 또 돌렸고, 거의 바래지 않은 풍부한 실크 옷감을 살펴보면서도 한때 유행이었고 우아하게 여겨졌던, 하지만 이제는 이상하고 약간은 우스꽝스럽기도 한 스타일의 옷을 앞에 놓고 어안이 벙벙한 채로 있었다….

위그는 끈질기게 간청했다.

"하지만 추해 보일 거라고요!"

이런 갑작스러운 일에 처음에는 어리둥절했지만, 제인은 결국 이 헌 옷들로 치장한 자기 자신이 재밌다고 생각하게 되었다. 그녀는 어린아이처럼 생글거리며 가운을 벗어 맨팔을 드러내고는 코르셋을 덮고 있는 가슴받이 블라우스를 정돈하여 속옷의 레이스와 함께 드레스에 밀어 넣었다. 그녀는 상체를 노출하는 드레스 두 벌 가운데 하나를 입고 있었다…. 거울 앞에 선 제인은 자신을 보고 웃었다. "오래된 초상화 같잖아!"

그녀는 애교를 부리며, 몸을 이리저리 꼬았다. 그녀는 자기 모습을 전체적으로 보려고 치맛자락을 걷어 올려 테이블 위에 올라갔다. 계속해서 웃느라 가슴은 흔들거리고, 속옷의 한쪽 끝은 잘못 고정되어 맨살 위로 비죽 튀어나와 있었으며, 정숙하지 못하게 내밀한 속옷까지 다 드러나 있었다.

위그는 생각에 잠겼다. 그가 꿈꿨던 그 절정의 순간이 더러워지고 저속해진 것 같았다. 제인은 이 놀이를 즐거워하고 있었다. 그녀는 미친 듯한 즐거움으로 폭발하여 이제 다른 드레스를 입어보려 했고, 무용 스텝을 계속 밟으며 춤을 추기 시작했다.

위그는 불안감이 점점 커지는 것을 느꼈다. 슬픈 무도회에 온 것 같았다. 유사한 신체적 매력만으로는 충분하지 않다는 걸 처음으로 깨달았다. 매력은 여전했지만, 왜곡된 방식으로 작용했다. 닮은 모습을 빼고는 제인은 그에게 저속해 보일 뿐이었다. 닮았다는 이유로 잠시 제인은 그에게 죽은 아내를, 같은 얼굴을 하고 같은 드레스를 입고 있지만 타락해버린 아내를 다시 만나는 듯한 끔찍한 느낌을 주었다. 이런 감정은 예배행렬이 벌어지는 동안, 저녁에 성모 마리아나 성녀들의 복장을 한 행렬을 만났을 때나 느껴지는 감정이었다. 행렬은 어둠 속에서 피가 흐르는 상처를 지닌 가로등 아래에서 외투와 성스러운 제복을 입고 있지만, 한층 더 우스꽝스러워 보이고 약간은 취한 채 신비스러운 가장행렬에 휩쓸려 가는 것이다.

VIII

 3월의 어느 일요일, 부활절을 맞이하는 아침에 늙은 하녀 바르브는 주인이 저녁도, 야식도 집에서 먹지 않을 예정이라 저녁까지 자유롭다는 것을 알게 되었다. 그녀는 그 사실에 기뻤다. 큰 축제가 열리는 날과 자신의 휴일이 같은 날이었기 때문이다. 그녀는 베긴회 수녀원에 가서 대미사, 저녁 예배, 성체 강복식에 참석할 예정이었다. 그리고 남은 하루는 종교 부지에 자리한 주요 수녀원들 가운데 한 곳에 사는 친척 로잘리 수녀의 집에서 보낼 계획이었다.
 베긴회 수녀원에 가는 것은 바르브에게 기쁨을 주는 몇 안 되는 일 중 하나였다. 수녀원의 모든 사람이 그녀를 알았다. 그곳의 여신도 중에는 친구가 있기도 했고, 말년에 어느 정도 저축을 하고 그곳에서 수녀가 되어 다른 사람들처럼 생을 마감하는 것을 꿈꾸기도 했다. 머리를 감싸는 상아색의 낡은 수녀 모자를 쓴 모습이 얼마나 행복해 보이는지!

특히 바르브는 그날처럼 청춘 같은 3월 아침, 모자가 달린 검은 외투를 입고 종처럼 몸을 흔들며 너무나도 좋아하는 수녀원을 향해 다른 날보다 더욱더 잰걸음으로 가고 있다는 사실에 기뻐 어쩔 줄을 몰랐다. 멀리서 들리는 본당의 종소리가 하나가 되어 그녀의 걸음에 맞춰 울리는 듯했다. 종소리들 가운데 카리용의 가냘프게 떨리는 곡조가 유리 건반 위를 두드리듯 십오 분마다 울리고 있었다⋯.

이른 봄 초록의 기운 덕에 교외 지역에 시골 분위기가 감돌았다. 바르브는 삼십 년 넘게 이 도시에서 일했지만, 비슷한 부류의 사람들처럼 자신이 살던 마을에 대해 계속해서 떠오르는 추억과 작은 풀이나 잎사귀에 감동하는 시골 사람의 감수성을 여전히 간직하고 있었다.

화창한 아침이었다! 해는 환하게 비추고 새소리와 이미 시골 분위기가 만연한 변두리 지역에서 피어나고 있는 어린 새싹의 향기에 감격한 바르브는 얼마나 쾌활한 발걸음으로 걷고 있었는지! 미네워터의 곳곳이 초록빛으로 물들고 있었다. 미네워터는 사랑의 호수라 해석되지만, 사랑을 하는 호수라는 말이 그 뜻을 더 잘 표현할 수 있을 것이다!

죽음의 도시 브뤼주

그리고 그곳에서, 반쯤 잠들어 있는 그 연못, 첫영성체를 받는 사람들의 마음을 닮은 수련, 작은 꽃들이 가득 핀 잔디로 덮인 물가, 큰 나무들, 멀리서 손짓하는 풍차들 앞에서 바르브는 다시 여행하는 듯한 착각을, 벌판을 가로질러 그녀의 어린 시절로 돌아간 듯한 착각이 들었다….

그것은 또 스페인의 가톨릭 신앙이 남아 있는 플랑드르의 신앙에서 비롯된 독실한 마음이기도 했다. 이 신앙에서는 양심과 공포가 믿음보다 더 우세하고, 지옥에 대한 두려움이 천국에 대한 동경보다 더 컸다. 그렇지만 여기에는 경치에 대한 사랑과 꽃, 향, 화려한 옷감에 대해 그 민족이 지닌 육감도 함께 담겨 있었다. 나이 든 하녀의 어두운 영혼이 베긴회 수녀원의 아치형 다리를 건너 신비스러운 성벽으로 들어갈 때, 장중하고 신성한 예배 의식에 일찌감치 황홀감을 느꼈던 이유가 바로 이 때문이었다.

이곳에는 이미 교회의 침묵이 흘렀다. 심지어 밖에서는 작은 샘들이 입을 웅얼거리며 기도하는 것처럼 호수로 흐르는 소리도 들렸다. 그리고 사방에는 담벼락이, 수녀원의 경계를 표시하는 낮고 제단보처럼 하얀 담벼락이 있었다. 중앙에는 풀들이 촘촘하게 가득 피어 있었고, 그건 유월절 제단에 바치는 어린양을 닮은 양 한 마리가 풀 뜯는 모습이 그려진 얀 반 에이크의 그림 속 초원 같았다.

죽음의 도시 브뤼주

성인이나 신의 축복을 받은 사람들 이름을 딴 길들이 구부러지고, 비스듬히 돌아가고, 얽히고, 또 길게 뻗으며 중세풍의 작은 마을을, 다른 도시 안에 작게 분리되어 있고 한층 더 생기가 없는 도시를 형성하고 있었다. 너무나도 텅 비어 있어 적막한 그 도시에서는 고요함이 전염성을 지녀 환자가 있는 곳에서처럼 조용히 걷고 작은 목소리로 말한다.

혹시라도 지나가는 어떤 사람이 가까이 와서 시끄럽게 하면 사람들은 그것이 이상하고 신성모독적이라고 생각한다. 유일하게 몇몇 수녀들만이 그런 활기 없는 분위기 속에서 스치듯 걸으며 드나들 수 있다. 그 여신도들은 걷는다기보다는 미끄러지는 듯 보이기 때문이다. 그녀들은 차라리 긴 운하를 헤엄쳐 다니는 하얀 백조의 자매들이라고 해야 할 것이다. 바르브가 오르간과 미사의 성가곡이 벌써 울려 퍼져오는 교회를 향해 가고 있을 때, 지체하던 몇몇 수녀들이 평지에 늘어선 느릅나무 밑에서 서두르고 있었다. 바르브는 수녀들과 동시에 교회에 들어섰는데, 수녀들은 성가대 근처에 줄지어 서서 나무로 조각된 성직자 석에 두 줄로 자리를 잡으려고 했다. 수녀들의 모자가 모두 나란히 놓였고, 모자의 고정된 흰색 옆 날개는 스테인드글라스로 태양이 스며들자 빨간빛과 파란빛을 띠었다.

바르브는 언젠가 자신도 그 일원이 되기를 바라면서 예수의 신부이자 하느님의 종인 수녀원의 수녀회가 단체로 무릎을 꿇고 있는 모습을 멀리서 선망의 눈길로 바라보았다….

그녀는 교회 통로 쪽에 열성적인 평신도들 사이에 자리를 잡았다. 그들은 노인, 아이, 점점 사람들이 줄어드는 수녀원 시설에 머무는 가난한 가족이었다. 글을 읽을 줄 모르는 바르브는 커다란 묵주를 손으로 굴리면서 절실하게 기도했고, 가끔 성직자석 두 번째 자리, 수녀원장님 뒤에 앉아 있는 친척 로잘리 수녀 쪽을 쳐다보았다.

촛불이 켜져 온통 금빛을 띠는 교회는 어찌나 아름다웠던지! 바르브는 헌금 봉헌식이 진행될 때, 제의실을 담당하는 수녀에게 작은 양초를 사러 갔다. 수녀는 철제 촛대 가까이 서 있었고, 곧 늙은 하녀의 차례가 되어 이 촛대에서 그녀의 봉헌 촛불이 타오르게 될 것이었다.

때때로 그녀는 다른 촛불 사이에서 자신의 촛불을 찾아내 타는 모습을 지켜보기도 했다.

아! 그녀는 얼마나 행복했는지! 그리고 성직자들이 교회가 하느님의 집이라고 말하는 것은 얼마나 옳은 말인가! 무엇보다도 베긴회 수녀원의 수녀들은 성가대석에서 천사들만이 가질 만한 부드러운 목소리로 성가를 부르고 있으니 더더욱 그렇게 느껴졌다.

바르브는 오르간 소리와 아름다운 리넨 천처럼 온통 하얗게 펼쳐지는 성가를 듣는 게 지겹지 않았다.

하지만 미사는 끝났고, 불이 꺼졌다. 수녀들은 모두 함께 모자를 바스락거리며 나갔다. 그들은 갈매기 떼가 날아가듯 무리 지어 녹색 정원을 하얀 날갯짓으로 수놓으며 순간적으로 떠나가버렸다. 바르브는 친척 로잘리 수녀를 멀리서 뒤쫓아 갔다. 일종의 경의를 표하기 위한 신중함에서 비롯된 것이었다. 로잘리 수녀가 수녀원에 들어가는 것을 보고는 걸음을 재촉하여 그녀 역시 수녀원에 들어갔다.

베긴회 수녀들은 수도회를 구성하는 각각의 사택에 여럿이서 생활을 하고 있다. 이곳에서는 서너 명이 함께 지내는데, 다른 곳에서는 열다섯 명 또는 스무 명씩 함께 생활하기도 한다. 로잘리 수녀의 수녀원에는 사람이 많았다. 바르브가 들어갔을 때 교회에서 막 돌아온 수녀들은 작업실의 넓은 홀에서 이야기를 나누고, 웃고, 서로를 부르고 있었다. 공휴일이었기 때문에 바느질 바구니와 레이스를 짜는 틀은 구석에 정리되어 있었다. 어떤 수녀들은 숙소에 이르기 전에 있는 작은 뜰에서 식물들과 회양목으로 두른 화단의 꽃들이 자라나는 것을 살펴보고 있었다. 젊은 수녀도 몇몇 섞여 있는 다른 무리에서는 선물로 받은 설탕을 입힌 부활절 달걀을 내보이고 있었다. 바르브는 약간은 두려움에 떨며 친척을 따라 방으로, 또 다른 방문객들이 모여드는 면회실로 갔다. 그녀는 혼자 남을까 봐, 그리고 불청객으로 보일까 봐 두려웠고, 관습대로 저녁 식사에 초대받기를 초조하게 기다리고 있었다. 하지만 또 다른 게 마음에 걸렸다! 만약 오늘 방문한 친척들이 너무 많아서 앉을 자리가 없다면 어떻게 될까?

로잘리 수녀가 와서 수녀원장을 대신하여 그녀를 식사에 초대했을 때, 바르브는 안심했다. 매우 분주해 보이는 로잘리 수녀는 그녀를 혼자 내버려두어 사과했다. 수녀들이 돌아가며 한 주씩 청소를 도맡아 하는데, 이번이 자신 차례였다는 것이다.

"저녁 식사하고 이야기를 나눠요." 그녀가 덧붙여 말했다. "무엇보다도 심각하게 할 말이 있어요."

"심각하게 할 말이라고요?" 바르브가 당황하며 물었다. "그러면 지금 당장 이야기해주세요."

"시간이 없어요⋯ 나중에⋯."

그렇게 수녀는 깜짝 놀란 늙은 하녀를 남겨두고 복도로 빠져나갔다. 심각한 일이라니? 그럴 일이 뭐가 있을까? 안 좋은 일일까? 하지만 그녀에게 이 세상에서 소중한 것은 이 유일한 친척 외에는 아무도 없었다.

그렇다면 자기 자신에 관한 것이었다. 그녀가 비난받을 만한 일이 무엇이 있을까? 무엇을 잘못한 것일까? 그녀는 돈 한 푼도 속인 적이 결단코 없었다. 고해하러 갔을 때, 그녀는 뭐라고 말해야 할지, 그리고 자신이 어떤 죄를 저질렀다고 해야 할지 정말로 몰랐다.

바르브는 매우 불안했다. 그녀에게 말하는 로잘리 수녀의 표정은 굉장히 어두워서 무섭게 느껴질 정도였다! 그날의 즐거움과 기쁨은 끝나버렸다. 바르브는 더 이상 웃을 기분이 아니었고, 저쪽에서 수다를 떨고, 즐거워하고, 복잡한 패턴의 레이스 도안을 살펴보고 있는 사람들과 어울릴 기분이 들지 않았다.

그녀는 홀로 멀리 떨어져서 의자에 앉아 이제는 로잘리 수녀가 그녀에게 말하려 했던 알 수 없는 그것에 대해 생각했다.

사람들이 큰 소리로 기도를 한 후 길게 뻗은 식당의 식탁에 앉기 시작했을 때, 바르브는 진정 아무런 즐거움도 느끼지 못했고, 음식에 거의 손도 대지 않은 채 건강한 장밋빛 얼굴을 한 수녀들과 그녀처럼 친척 자격으로 방문한 사람들이 주일이자 축일의 식사를 제대로 하는 모습을 지켜보았다. 그날 성찬식에 사용된 금빛의 부드러운 투르

산 와인이 준비되어 있었다. 바르브는 근심을 덜어낼 수 있으리라고 생각하며 채워진 잔을 비웠다. 하지만 두통이 왔다.

그녀가 보기에 식사는 끝이 없는 것 같았다. 식사가 마무리되었을 때, 그녀는 곧장 로잘리 수녀에게로 달려가 눈짓으로 물어봤다. 로잘리 수녀는 바르브가 동요한 것을 알아차렸고 재빨리 그녀를 진정시키려고 애썼다.

"바르브, 별일 아니에요! 자, 나의 친구여, 그렇게 겁먹지 마세요."

"무슨 일인가요?"

"아무 일도 아니에요! 정말 별일 아니에요. 사소한 조언을 당신에게 하려고 했어요."

"아! 놀랐어요…."

"내가 별일이 아니라고 말한 건 지금으로선 그렇다는 거예요. 하지만 심각해질 수도 있는 문제예요. 자, 바로 그거예요. 당신이 다른 일을 찾아야 할 수도 있어요."

"다른 일을 찾아본다니요! 왜 그런 거죠? 비안 씨 댁에서 일한 지 오 년이 되었어요. 그분이 정말 불행했던 것을 제가 봤기 때문에 저는 그분에게 애정을 가지고 있어요. 그리고 그분도 저에게 애정을 가지고 계신걸요. 그분은 세상에서 가장 올바른 사람이에요."

"아! 이 불쌍한 사람, 당신은 얼마나 순진한지! 아니, 아니에요! 그분은 이 세상에서 가장 올바른 사람이 아니라고요."

바르브는 얼굴이 완전히 창백해져서는 이렇게 물었다.

"무슨 말씀을 하시고 싶은 건가요! 저희 주인님이 잘못하신 게 뭐죠?"

그래서 로잘리 수녀는 바르브에게 도시에 떠돌았던 이야기를 전하면서 그 이야기가 평화로운 수녀원에까지 퍼졌다고 말했다. 예전에는 모든 사람이 탄복했을 정도로 아내를 잃은 남자의 너무나도 비통하고 절망적인 아픔을 겪은 사람이 근래에 벌인 방탕한 행동에 관한 이야기였다. 이런! 그는 고약한 방식으로 자신의 마음을 달랜 것이다! 그는 이제 극장의 무용수였던 품행이 좋지 않은 여인의 집을 드나들고 있었다….

바르브는 떨고 있었다. 그녀는 말 한 마디 한 마디에 차오르는 내면의 분노를 억누르고 있었다. 그녀는 자신의 친척을 존경하고 있었고, 그녀로서는 아주 모욕적이고 놀라운 폭로가 로잘리 수녀의 입에서 어떤 위력을 지니고 있었다. 바로 이것이 그녀가 전혀 이해하지 못했던 그의 모든 삶의 변화, 그러니까 외출이 잦고, 오고 가는 일이 많고, 밖에서 식사하고, 늦게 집에 돌아오고, 밤에는 집에 없었던 이유였을까…?

수녀는 계속해서 말했다.

"바르브, 정직하고 믿음을 가진 하녀가 자유주의자가 된 사람을 위해 더는 일할 수 없다는 것에 대해 생각해보았나요?"

이 말에 바르브는 폭발했다. 그럴 리가 없다! 그 모든 험담에 로잘리 수녀가 속아 넘어간 것이다. 그렇게 착한 주인님이, 아내를 사랑했던 그가! 그는 여전히 매일 아침, 그녀가 보는 앞에서 고인이 되신 부인의 초상화 앞으로 가서 눈물을 흘리고, 성유물聖遺物보다도 아내의 머리카락을 더 잘 간직하고 있었다.

"내가 말한 것처럼" 로잘리 수녀가 차분히 말했다. "나는 모든 걸 알고 있어요. 저는 그 여자가 사는 집이 어딘지도 알고 있답니다. 그 집은 내가 시내로 가는 길에 있는데, 비안 씨가 여러 번 거기에 들어가거나, 나오는 것을 봤어요."

그 말은 결정적이었다. 바르브는 풀이 죽은 것 같았다. 반박도 전혀 하지 않고 생각에 깊이 잠겨 이마 한가운데에 커다란 주름이 잡혔다.

그러고 나서 그녀는 이렇게 간단히 말했다. "생각해볼게요." 그때 그녀의 친척은 자신이 맡은 일 때문에 호출을 받았고 잠시 그녀를 두고 자리를 떠났다.

늙은 하녀는 자신의 모든 희망을 거스르고 앞길을 방해하는 이 소식 앞에서 맥이 풀려 말문이 막혔고, 머릿속은 복잡했다.

무엇보다도 그녀는 그에게 애정을 가지고 있어 미련 없이 그를 떠날 수는 없을 것이다.

그리고 이렇게 좋고, 쉽고, 돈벌이가 되는 또 다른 일을 찾을 수 있을까? 그녀는 이 늙은 독신남의 집에서 일하며 저축을 한 후 수녀원에서 말년을 보내는 데 필요한 약소한 지참금을 마련할 수 있을 것이다. 그러나 로잘리 수녀의 말이 맞았다. 이웃의 빈축을 사는 사람의 집에서 더는 머무를 수 없었다.

바르브는 기도를 올리지 않고, 교회의 계율, 사계재일四季齋日, 사순절을 지키지 않는 불경한 사람의 집에서 일할 수 없다는 것을 이미 알고 있었다. 방탕한 사람들의 경우에도 같은 이유로 그럴 수 없었다. 그들은 최악의 죄를 저지르기까지 하는데, 그 죄는 설교나 피정避靜에서 설교자들이 지옥의 불을 언급해가며 가장 많이 위협을 주는 죄악이었다. 바르브는 재빨리 색욕과 막연하게 관련된 모든 생각을 떨쳐버렸는데, 색욕에 대한 생각만으로도 성호를 그었다.

죽음의 도시 브뤼주

어떤 결정을 해야 할까? 바르브는 수녀회와 함께 교회에 돌아와서 보려고 했던 저녁 예배와 성대하게 치러지는 성체 강복식 내내 당혹스러웠다. 그녀는 성령님께 그녀의 길을 밝혀 달라고 기도를 드렸다. 그리고 그분은 그녀의 기도를 들어주셨다. 교회를 나서면서 그녀는 결정을 내렸기 때문이다.

이런 경우는 그녀의 판단력을 넘어서는 까다로운 일이었기 때문에 그녀는 자주 찾는 노트르담 성당의 고해신부에게 곧장 가서 그의 판단을 순순히 따르려 했다.

바르브는 방금 들은 이야기를 모두 신부에게 말했다. 수년 전부터 그녀의 단순하고 강직한 성격과 그녀가 얼마나 빨리 양심의 가책을 받고 괴로워하는지, 그리고 그로 인해 그녀의 어두운 영혼이 가시나무관을 쓴 것처럼 보인다는 것을 알고 있는 신부는 그녀를 진정시키려고 애쓰며 아무것도 서두르지 않겠다는 약속을 받아냈다. 그녀의 주인에 대해 사람들이 말하는 것이 진실이라면, 그리고 그런 비난받을 만한 관계를 맺고 있다면, 그녀로서는 분별 있게 행동할 필요가 있었다. 만남이 집 밖에서 이루어지는 한 모른 체해야 했다. 어쨌든 그 때문에 동요하지 않아야 했다. 만약 불행하게도 문제가 되는 그 행실 나쁜 여자가 주인을 만나러 집에 와서 저녁을 먹거나 다른 것을 한다면, 그런 경우에는 하녀는 더 이상 주인의 방탕한 생활에 은밀히 동조할 수는 없고 일을 그만두고 떠나야 할 것이다.

바르브는 이런 분별 있는 태도에 대해 두 번 되풀이해서 들었다. 마침내 이를 수긍한 그녀는 고해실을 나와 짧게 기도를 하고 교회를 벗어났다. 그리고 로제르 강둑을 향해, 아침에만 해도 행복한 기분으로 나섰지만, 조만간 완전히 떠나버려야 할 (그녀는 정말 그것을 직감하고 있었다!) 저택을 향해 발걸음을 돌렸다….

아! 오래도록 즐거움을 느끼는 것이 얼마나 어려운 일인가! 그녀는 초록빛을 띤 새벽의 교외 지역, 미사, 순결한 성가, 어둠이 내리고 있는 모든 것을 아쉬워하며 죽은 듯한 길을 거쳐 집으로 돌아갔다. 그녀는 떠나야 할 시간이 임박했다는 것을 생각하고, 새로운 얼굴들과 죽을죄를 짓고 있는 주인을 생각하며, 그리고 이제는 수녀원에서 홀로 생을 마감할 수 없다는 절망감과 함께, 오늘 같은 저녁에 운하가 내다보이는 창문이 있는 양로원에서 홀로 죽음을 맞이하는 자신을 상상해보며….

IX

위그는 세상을 떠난 아내의 낡은 드레스 하나를 제인에게 입히는 묘한 변덕을 경험한 뒤부터 엄청난 환멸을 느꼈다. 도가 지나쳐버렸다. 두 여인을 하나로 합치길 너무나도 원한 나머지 두 사람의 닮은 모습이 줄어든 것이다. 두 여인이 그들 사이에 놓인 죽음의 안개와 함께 서로 거리를 둔 채 존재하는 한 환상은 유지될 수 있었다. 그러나 너무 가까워지자 서로 다른 점이 드러났다.

처음에는 다시 만나게 된 아내를 꼭 닮은 얼굴에 온통 현혹되어 동요하는 그의 감정도 이에 동조하고 있었다. 하지만 점차 아내를 닮은 이 여인을 너무나도 잘게 나누어 보고자 한 나머지 미묘한 변화에도 괴로워하기에 이르렀다.

두 사람 사이의 유사성은 결국 몸매와 전체적인 모습에서 나타날 뿐이다. 세세한 부분에만 신경을 쓰다 보면 모든 것이 다르다. 그러나 위그는 자신의 바라보는 방식이 바뀌었다는 사실은 알아차리지 못한 채 아주 꼼꼼하게 비교하면서 이를 제인의 탓으로 돌리고 그녀 자체가 완전히 변했다고 생각했다.

물론 그녀는 여전히 같은 눈을 가지고 있었다. 하지만 눈이 영혼의 창이라고 한다면, 이제는 아직도 존재하는 죽은 아내의 눈과는 또 다른 영혼이 나타나고 있다는 것은 확실하다. 본래 유순하고 조심성 있는 성격의 소유자였던 제인은 조금씩 마음대로 행동했다. 백스테이지와 극장의 흔적이 다시 나타나고 있었다. 그녀와 친밀해지자 집에서 종일 자유로운 행동과 시끄럽고 난잡한 유머, 상스러운 발언, 아무렇게나 옷을 입는 예전의 습관, 단정치 못한 실내복 차림, 뒤죽박죽인 머리 모양이 드러났다. 기품이 있는 위그는 이런 모습에 불쾌했다. 그렇지만 그는 항상 그녀의 집에 가서 사라져가는 환상을 되찾으려 애썼다. 느리게 가는 시간! 침울한 저녁! 그는 그 목소리가 필요했다. 그는 목소리에서 나오는 짙은 물결을 마시고 있었다. 그리고 동시에 목소리에서 나오는 말들로 고통받고 있었다.

제인은 위그의 우울한 기분과 긴 침묵에 싫증이 났다. 이제는 그가 저녁때쯤 오게 되면, 제인은 시내를 한가롭

게 산책하거나 쇼핑을 하고 드레스를 입어보느라 시간을 지체하며 돌아오지 않았다. 그는 다른 시간에, 대낮에, 아침에 또는 오후에도 그녀를 보러 왔다. 집에 있는 것을 더는 좋아하지 않고 싫증을 느껴 그녀는 그 시간에 종종 외출해서 거리를 돌아다니며 쇼핑을 했다. 그녀는 어디를 나다니는 것일까? 위그는 그녀의 친구를 전혀 알지 못했다. 그는 그녀를 기다렸다. 그는 혼자 있는 건 싫어서 그녀가 돌아올 때까지 근처에서 산책하는 것을 선호했다. 걱정스럽고 슬픈 기분으로 사람들의 시선을 두려워하며 위그는 되는대로 인도를 이리저리 오가며 정처 없이 걸었다. 가까운 둑길에 다다라 물가를 따라 나무들의 탄식으로 서글픈 분위기를 풍기는 대칭 형태의 광장에 이르렀고, 한없이 뒤얽힌 회색빛 거리로 들어갔다.

아! 여전한 브뤼주의 회색빛 거리!

위그는 자신의 영혼이 이 회색빛에 점점 더 많은 영향을 받고 있음을 느꼈다. 그는 흩어져 있는 이 침묵에, 오가는 사람 없는 이 공허함에 감염되고 있었다. 검은 외투를 걸치고 머리에는 옷에 달린 모자를 쓴 그림자를 닮은 몇몇 노파들만이 성혈聖血 예배당에 가서 촛불을 켜고 난 뒤 돌아오고 있었다. 신기한 것은 오래된 도시에서만큼 그렇게 많은 노파를 본 적이 없다는 것이다. 나이가 든 그들은 말을 이미 모두 다 소진해버린 듯 흙빛을 띤 채 침묵하며 천천히 나아가고 있다…. 예전의 고통과 지금의 걱정거리에 열중하여 무턱대고 걷던 위그는 겨우 그들을 알아보았다. 그는 무의식적으로 제인의 집으로 돌아갔다. 아직도 그곳엔 아무도 없었다!

그는 다시 걷기 시작했고, 망설이며 쪼그라든 길로 돌아 들어갔다. 그리고 의심할 여지 없이 로제르 강둑에 이르렀다. 이제 그는 집으로 돌아가기로 마음을 먹었다. 제인의 집에는 나중에, 저녁 시간에나 갈 생각이었다. 그는 안락의자에 앉아 책을 읽으려고 했다. 그리고 잠시 후, 고독에 잠겨, 그리고 넓은 복도에 흐르는 차가운 침묵에 잠식되어 다시 외출에 나섰다.

저녁이 되었다…. 비가 계속해서 조금씩 흩뿌리다가 점점 더 많이 내리며 그의 영혼을 고정시킨다…. 위그는 다시금 정복된 느낌을 받았고, 그 얼굴에 사로잡혀 제인의 집으로 떠밀려 갔다. 그는 그곳을 향해 걸어가다가 가까워지자 발걸음을 되돌렸다. 고립되고 싶은 욕구에 갑작스레 이끌려, 그리고 그녀가 집에서 그를 기다리고 있다는 사실에 두려운 마음이 생기기 시작했고 그녀를 보고 싶지 않았다.

그는 빠른 걸음으로 오래된 동네를 떠나 반대 방향으로

죽음의 도시 브뤼주

나아갔고, 막연하게, 비통한 마음으로 어디로 향하는지 모른 채 진흙탕 속을 거닐었다. 비는 더 서둘러 내렸다. 실을 뽑아내듯 빗줄기를 풀어내며 서로 얽혀 그 짜임은 점점 더 촘촘해졌고, 보이지 않는 그 축축한 그물 아래 위그는 점차 부드러워지는 자신을 느꼈다. 그는 다시 회상하기 시작했다…. 그는 제인을 생각했다. 이 시간에, 이런 쓸쓸한 날씨에 그녀는 밖에서 무엇을 하고 있을까? 그는 죽은 아내를 생각했다…. 그녀는 어떻게 되었을까? 아! 그녀의 가엾은 무덤… 폭우에 망가져버린 화관과 꽃….

그리고 종소리가 아주 희미하게, 아주 멀리서 울렸다! 도시가 얼마나 멀리 떨어져 있는지! 이제 도시는 모든 것을 휩쓸어버린 빗속에 녹아버리고 잠겨 더는 존재하지 않는 것처럼 보였다…. 이토록 걸맞은 슬픔이라니! 바로 이 죽음의 도시 브뤼주에 비로부터 살아남은 가장 큰 높이의 종탑에서 들려오는 본당의 종소리가 여전히 쏟아져 내리며 슬퍼하고 있다!

X

위그는 감동적인 거짓 환상이 자신으로부터 빠져나가는 것을 느꼈고, 자신의 영혼과 도시를 연결하며, 이미 이전에 그가 사별한 후 브뤼주에 처음 도착했을 때 그의 슬픔을 차지하고 있던 또 다른 닮은 모습을 위해 분투하며 다시 도시로 들어섰다. 이제 그에게 제인은 더 이상 죽은 아내와 완전히 닮은 사람처럼 보이지 않았고, 그는 다시 도시와 닮아가고 있었다. 텅 빈 거리를 끊임없이 단조롭게 산책하면서 그는 이것을 분명 느꼈다.

집 안에 퍼진 고독, 굴뚝에서 울어대는 바람 소리, 그의 주위에서 수많은 눈이 응시하는 듯 점점 늘어나는 기억들로 인해 두려운 그는 집에 머물 수 없는 지경이 되었다. 그는 제인과 그녀에 대한 자신의 감정에 대해 확신하지 못해 어찌할 바를 몰라 무턱대고 거의 온종일 나가 있었다.

그는 정말로 그녀를 사랑하고 있었을까? 그리고 그녀는

어떤 무관심이나 배신을 숨기고 있었던 것일까? 끈질기게 괴롭히는 불안감! 해가 짧아진 겨울 오후의 우울한 끝! 엉겨 붙어 떠다니는 안개! 그는 전염성을 지닌 안개가 그의 영혼에 들어오는 것을, 그리고 희미하게 잠긴 그의 모든 생각이 회색빛 마비 상태에 빠진 것을 느꼈다.

아! 겨울 저녁의 브뤼주!

도시가 그에게 다시 영향력을 발휘하기 시작했다. 숭고한 백조의 존재로 인해 고귀해진 흐르지 않는 운하로부터 얻은 교훈, 과묵한 둑길이 보여준 체념이라는 본보기, 특히 언제나 멀리서 보이는 노트르담 성당과 성 살바토르 성당의 높은 종탑에서 나오는 경건하고 엄격한 충고. 위그는 그곳에서 피난처를 찾으려는 듯 본능적으로 눈을 들었다. 하지만 종탑은 그의 불행한 사랑을 하찮은 것으로 만들었다. 종탑은 이렇게 말하는 것 같았다. '우리를 보라! 우리는 오로지 신앙으로만 만들어졌다! 생기 없이, 억지웃음을 짓지 않고, 공중에 떠 있는 성채들의 모습을 지닌 채 우리는 신을 향해 올라간다. 우리는 전투적인 종탑이다. 그리고 악마는 우리를 향해 쏘는 화살을 다 써버렸다!'

오! 그렇다! 위그는 이렇게 되길 원했으리라. 삶의 너머에는 오로지 종탑만이 있을 뿐이다! 그러나 그는 브뤼주의 종탑들과는 다르게 악마의 노력을 좌절시켰다고 자부할 수는 없었다. 반대로 악마에 들려 고통받듯 지금 그에게 고통을 주며 침투하는 정념은 악마의 저주인 듯했다.

그가 읽었던 악마 숭배에 관한 이야기가 다시 떠올랐다. 불가해한 힘과 마력에 대한 두려움에는 어떤 근거가 없는 것일까?

이는 그 대가로 피를 요구하는 악마와의 계약과도 같아서 그를 어떤 비극으로 이끌게 되는 것은 아닐까? 때때로 위그는 죽음의 그림자가 그에게 가까이 다가오리라는 것을 느꼈다.

그는 '유사성'이라는 그럴싸한 속임수로 죽음을 피하고 그것을 극복하고 또 조롱하고 싶었다. 죽음은 아마도 복수를 할 것이다.

그래도 그는 이를 벗어나 제때에 악마를 몰아낼 수 있었다! 그가 걸었던 비밀스러운 대도시 곳곳을 가로질러 자비로운 종탑들을 향해, 종탑들이 건네는 위로를 향해, 길모퉁이마다 유리관 안에 보관된 시든 꽃처럼 오목하게 패인 벽면 안에서 촛불과 장미들로 둘러싸여 팔을 내밀고 있는 성모 마리아상의 감동적인 환대를 향해 다시 올려다보았다.

그렇다, 그는 사악한 굴레에서 벗어날 것이다! 그는 회개하고 있었다. 그는 슬픔을 안은 환속 사제였다. 하지만

그는 회개할 것이다. 그는 예전의 모습으로 돌아갈 것이다. 이미 그는 다시 도시와 비슷해지기 시작했다. 그는 이 고통에 잠긴 도시 브뤼주, 이 '비통한 누이'의 형제가 된 자신을, 침묵과 우울에 잠긴 형제가 된 자신을 다시 발견했다. 아! 아내의 죽음으로 큰 슬픔을 겪었던 시기에 이 도시로 온 것은 얼마나 잘한 일인가! 암암리에 존재하는 유사성! 영혼과 물질의 상호 침투! 우리가 영혼과 물질에 들어가는 사이 영혼과 물질은 우리에게로 들어온다.

이렇듯 도시들은 특히 개성과 독자적인 기질을 지니고, 기쁨, 새로운 사랑, 금욕, 사별한 사람의 생활에 상응하는 거의 외재화된 특징을 지닌다. 모든 도시는 마음의 상태이며, 이곳에 머무르게 되면 이내 마음의 상태가 공기의 미묘한 변화와 함께 뒤섞여 감염되는 액체로 우리에게 전해지고 퍼진다.

위그는 처음부터 마음을 진정시켜주는 브뤼주의 희미한 영향력을 알고 있었고, 이 도시로 인해 그는 외로운 기억, 멈춰버린 희망, 기분 좋은 죽음을 향한 기다림을 받아들였다….

그리고 지금도 여전히, 현재 느끼는 불안에도 불구하고 그의 고통은 기나긴 운하의 고요한 물속에서 조금은 희석되고 있었고, 예전처럼 도시의 이미지로, 그리고 도시와 닮은 모습으로 돌아가려고 애쓰고 있었다.

죽음의 도시 브뤼주

XI

이제 이 도시는 유독 '여신도'의 얼굴을 갖게 되었다. 도시의 양로원과 수녀원 담벼락, 사람들이 많이 찾는 돌로 된 소백의小白衣를 입고 무릎을 꿇은 듯한 모습의 교회에서 발산되는 것은 바로 신앙과 금욕에 대한 충고였다. 도시는 위그를 지배하고 그에게 복종을 강요하기 시작했다. 도시는 다시 하나의 '인물'이 되었고, 감동을 주고, 단념하게 하고, 지시하며, 방향성을 제시하고, 모든 행동의 이유를 제공하는 그의 주요 대화 상대가 되었다.

그 여인에게 존재하는 성性의 형상과 거짓의 형상으로부터 조금은 벗어나게 되자, 위그는 이내 도시의 이런 신비한 얼굴에 다시 매료된 자신을 발견했다. 그는 그녀의 말에 귀를 덜 기울였다. 그리고 그에 따라 종소리는 더 많이 들렸다.

수많은 종소리가 지치지 않고 울리고 다시 도진 우울에

빠진 그는 다시 해가 질 무렵 외출해서 둑길을 따라 되는 대로 돌아다니기 시작했다.

온종일 보이지 않는 검은 향로를 흔드는 듯 연기처럼 소리를 내뿜으며 계속 울려대는 종소리는 그를 고통스럽게 했다. 미사의 끝을 알리는 종, 레퀴엠, 서른 번의 미사를 알리는 종, 아침과 저녁을 알리는 종.

아! 끊이지 않는 브뤼주의 종소리, 공기 중에 읊조리는 이 성대한 추도 기도! 그 소리로부터 삶에 대한 혐오감, 모든 것이 헛되다는 분명한 감각, 그리고 죽음에 대한 예고가 다가오고 있었으니….

가로등이 겨우 빛을 발하는 텅 빈 거리에는 이따금 몇몇 그림자가 드문드문 보였고, 청동으로 된 종처럼 검고 긴 외투를 걸친 서민 여성들이 그림자처럼 흔들렸다. 종들과 외투가 나란히 같은 길로 교회를 향해 나아가고 있는 것처럼 보였다.

위그는 자신도 모르는 사이에 조언을 듣는 것 같은 느낌이 들었다. 그는 그 자취를 따라갔다. 열성적인 주변 분위기가 그를 다시 사로잡았다. 본보기에 대한 설파, 사물에 깃든 잠재적인 의지가 차례대로 그를 옛 교회에 대한 사색으로 이끌었다.

처음처럼 위그는 저녁 시간에 그곳에서, 특히 성 살바

죽음의 도시 브뤼주

토르 성당의 중앙홀에서, 길고 검은 대리석에서, 이따금 음악이 일렁이며 펼쳐지는 거창한 모양의 주랑柱廊에서 다시금 발걸음을 멈추기 시작했다….

음악 소리는 어마어마했고, 오르간의 파이프를 따라 바닥의 대리석 타일로 흘러내렸다. 바로 그 음악이 먼지로 뒤덮인 묘비의 비문과 바실리카 성당 곳곳에 흩어져 있는 동판을 잠기게 하고 지워버리는 것 같았다. 가히 죽음 속을 걷는다고 할 수 있었다!

그래서 아무것도, 스테인드글라스 창문 너머로 보이는 정원도, 푸르부스, 반 오를레, 에라스무스 켈리누스, 가스파르 드 크라이에의 그림들도, 영원히 시들지 않는 튤립 화환으로 장식된 다니엘 세거스의 불멸하는 경이로운 그림들도 그곳의 무덤 같은 슬픈 분위기를 누그러뜨릴 수 없었다.* 심지어 위그는 제단의 세 폭짜리 장식화에서도 색채의 마술과 예전 화가들의 영원히 계속되는 꿈을 거의 생각할 수 없었고, 좌우 양 폭에 그려진 두 손을 합장한 남성 기진자寄進者와 홍옥수紅玉髓 빛 눈의 여성 기진자를 보면서 죽음에 대해 더 우울한 생각이 들 뿐이었다. 이 초상화

---

* 푸르부스, 반 오를레, 에라스무스 켈리누스, 가스파르 드 크라이에, 다니엘 세거스 모두 17세기 플랑드르 화가이다.

외에는 아무것도 남지 않았다! 그리하여 그는 다시 한번 죽은 아내를 떠올렸다. 이제 그는 살아 있는 여인, 교회 문 앞에 내버려둔 제인의 음탕한 이미지를 생각하고 싶지 않았다. 과거 독실한 기진자들처럼 죽은 아내와 함께 그 역시 신 앞에 무릎을 꿇고 있는 자신의 모습을 꿈꿔보는 것이었다.

위그는 신비주의적 위기를 겪는 와중에도 자그마한 예루살렘 예배당에 가서 그곳에 흐르는 고요함에 잠기는 것을 여전히 즐겼다. 특히 그 예배당은 망토를 걸친 여인들이 해가 질 무렵 향하는 곳이었다…. 그는 여인들을 따라 들어갔다. 예배당의 측랑側廊은 지하 납골당처럼 높이가 낮았다. 구세주의 상처를 받들기 위해 지어진 예배당의 맨 안쪽에는 무덤에 있는 실물 크기의 예수 그리스도가 고급 레이스로 짜인 수의를 입고 창백한 얼굴로 있었다. 망토를 걸친 여인들이 초에 불을 켜고 나서 미끄러지듯 떠났다. 양초가 피를 약간 흘리고 있었다. 어둠 속에서 예수 그리스도의 상처가 다시 벌어져 흐르기 시작하면서 그곳에 온 사람들의 죄를 씻어주는 것 같았다.

그러나 위그는 도시를 가로지르는 순례 중에서도 특히 성 요한 병원을 좋아했다. 그 병원에는 신성한 멤링*이 살면서 순수한 걸작들을 남겼는데, 이 작품들은 그가 회복기에 접어들었을 때 그의 꿈들이 지닌 신선함을 수 세기에 걸쳐 말하고 있었다. 위그 역시 치유되리라는 희망을 품고, 하얀 벽에서 화끈거리는 그의 망막을 씻어내기 위해 그곳에 갔다. 침묵이라는 위대한 교리였다!

회양목으로 두른 안뜰, 나직이 말을 주고받는 외딴 병실. 운하를 헤엄치는 백조들이 약간의 물을 겨우 옮기듯 몇몇 수녀들이 가까스로 침묵을 옮기며 지나다닌다. 축축한 빨래 냄새, 빗물에 색이 바랜 머리쓰개 냄새, 낡은 수납장에서 막 꺼낸 제단보 냄새가 떠다니고 있다.

마침내 위그는 지성소至聖所에 다다랐다. 그곳에는 독특한 그림이 놓여 있고, 금으로 만들어진 작은 고딕 예배당처럼 사방으로 펼쳐진 세 개의 화폭에 만 천 명의 처녀 이야기를 담고 있는 유명한 성녀 우르술라의 유골함이 빛을 발하고 있다. 유약을 바른 성골함의 금속 지붕에는 세밀화처럼 정교하게 그려진 메달 모양의 원형 장식이 있는데, 그 안에는 음악의 천사들이 그들의 머리카락 색깔과 같은 바이올린과 그들의 날개처럼 생긴 하프를 들고 있다.

한스 멤링(Hans Memling, 1430?-1494). 플랑드르 화가. 중세에 브뤼주에 설립된 성 요한 병원은 20세기에 '멤링 미술관'이 되었다.

이렇게 순교의 길에 그림으로 그려진 음악이 함께한다. 곧 무덤이 될 정박한 갤리선에서 진달래처럼 하나로 뭉친 처녀들의 죽음은 한없이 평온하다. 둑길에는 병사들이 있다. 그들은 이미 학살을 시작했다. 우르술라와 처녀들은 배에서 내렸다. 피가 흐르는데, 그 피는 너무나도 분홍빛을 띠고 있다! 처녀들의 상처는 꽃잎이다…. 피는 방울져 떨어지지 않는다. 피는 가슴에서 꽃잎처럼 떨어진다.

거울처럼 빛나는 병사들의 갑옷에 그들의 용기를 비춰보는 처녀들은 행복하고 너무나도 평온하다. 그리고 죽음을 전하는 활은 그 자체로 처녀들에게 초승달처럼 보인다!

화가는 신앙으로 가득한 처녀들에게 단말마의 순간은 성변화聖變化일 뿐이며 매우 임박한 기쁨을 위한 고난에 지나지 않았음을 표현했다. 바로 이 때문에 이미 그녀들을 지배하고 있던 평화가 풍경에까지 퍼져 계획된 대로 그들의 영혼으로 풍경을 가득 채우고 있던 것이었다.

일시적인 순간, 그 순간은 대량학살이라기보다는 이미 절정의 순간이다. 핏방울이 굳어져 영원불멸하는 왕관을 위한 루비가 되기 시작한다. 그리고 하늘이 열리고, 그 빛이 보이면서 젖은 땅 위를 잠식한다….

천사처럼 완벽하게 순교를 이해하고 있다니! 천재적이

면서도 신앙심이 깊은 화가의 천국 같은 통찰력이었다.

위그는 감동하고 있었다. 그는 이 위대한 플랑드르 화가들의 신앙에 대해 생각했다. 우리에게 이런 진정한 봉헌의 의미를 담은 그림을 남긴 화가들은 우리가 기도하는 대로 그림을 그린 것이었다!

그리하여 이 모든 광경, 그러니까 예술작품, 금은 세공품, 건축물, 수도원 분위기가 나는 집, 주교 모자 모양을 한 비둘기, 성모 마리아상으로 장식된 길거리, 종소리로 가득한 바람과 함께 경건함과 엄격함의 전형이, 공중에 떠돌고 또 돌에 굳어진 감염성 있는 가톨릭 신앙이 위그에게로 몰려들었다.

이와 동시에 매우 독실했던 아주 어린 시절이 다시 생각났고, 이와 함께 순수함에 대한 향수도 되살아났다. 그는 죽음 앞에서만큼이나 신 앞에서도 약간의 죄의식을 느꼈다. 죄라는 개념이 다시 그 모습을 드러내 떠오르고 있었다.

특히 성체 강복식과 오르간 연주를 위해 교회에 무턱대고 발을 들여놓았던 어느 일요일 저녁 이후, 그는 설교가 끝날 때쯤 참석한 적이 있었다.

신부는 죽음이라는 주제로 설교를 하고 있었다. 그리고 어떤 또 다른 주제를 선택할 것인가? 죽음이라는 주제는 스스로 그 모습을 드러내고 자신을 내세우며 혼자 검은 포도 덩굴을 설교단 주위 설교자의 손이 닿는 곳까지 올려놓아 오직 그것을 따기만 하면 되는 것이었다. 공기 중 어디에나 존재하는 피할 수 없는 죽음에 대해 말하는 게 아니라면 어떤 것에 관해 말할 것인가! 그리고 구원할 영혼에 대한 생각 외에 깊게 파헤쳐봐야 할 생각이 무엇이 있을까. 그것은 이곳의 주된 걱정거리이자 극심하고도 끊임없는 의식의 고통이다.

이제 신부는 죽음에 대해, 단지 지나가는 단계일 뿐인 '좋은 죽음'에 대해, 그리고 하느님 안에서 구원받은 영혼들의 화합에 관해 이야기하면서 위험한 죄, '대죄', 다시 말해 사랑하는 사람들을 해방시키지도 회복시켜주지도 않으며 죽음을 진정한 죽음으로 만드는 죄에 대해서도 말했다.

위그는 기둥 가까이서 약간의 감정적 동요를 느끼며 설교를 들었다. 그 대성당은 몇 안 되는 등불이 겨우 비추고 있어 어두컴컴했다. 신자들은 대부분 그림자에 뒤섞여 거대한 검은 덩어리를 이루고 있었다. 그는 자신이 혼자이고, 신부가 그를 향해 말을 걸고 있다고 생각했다. 우연의 장난 때문인지 아니면 상상력이 작용한 탓인지 그 평범한 설교는 그의 상황을 다루고 있는 것 같았다. 그렇다! 그는 죄를 저지르고 있었다! 그가 아무리 자신의 떳떳하지 못한 사랑에 대해 자신을 기만하고, 닮은 꼴이기 때문이라는 자기 합리화를 해도 소용없었다. 그는 육체적인 관계를 맺고 있었다. 그는 언제나 교회가 가장 엄격하게 배척했던 것을 행하고 있었다. 다시 말해 그는 일종의 내연관계에 있던 것이었다.

만약 '종교'가 진실을 말한다면, 구원받은 신자들이 다시 서로를 만나게 된다면, 그는 그녀만을 바라보지 않았다는 이유로 세상을 떠난 성스러운 그녀를 다시는 보지 못할 것이다. 죽음은 부재를 영원하게 만들고 그가 일시적이라고 믿었던 이별을 신성한 것으로 만들 뿐이다.

그 후에는 지금처럼 그녀와는 멀리 떨어져 살아갈 것이다. 그리고 진정으로 그에게 내려진 영원한 단죄는 언제나 이를 헛되이 기억하는 것이리라.

위그는 극도의 불안감을 느끼며 교회에서 나왔다. 그리고 그날 이후로 죄에 대한 생각이 그의 마음속에 맴돌았고 또 못 박혔다. 그는 죄에서 벗어나고 싶었고, 용서받고 싶었다. 당황스러운 감정과 그가 빠져들고 있는 동요된 감정을 누그러뜨리기 위해서는 고해성사를 해야겠다는 생각이 들었다. 회개하고 삶에 변화를 주어야 했다. 그런데 일상의 고통과 고뇌에도 불구하고, 그는 자신에게 제인을 떠나 혼자가 되어 다시 시작할 수 있을 힘이 더는 없다고 느끼고 있었다.

그러나 도시는 여신도의 얼굴을 한 채 질책하고 끈질기게 요구했다. 도시는 자신의 순결함과 엄격한 신앙을 내세우고 있었다….

이제 그는 매일 저녁, 커져만 가는 불안감 속에서 제인에 대한 사랑 때문에 겪는 고통, 죽은 아내에 대한 회한, 자신이 저지른 죄와 지옥에서 살 수 있다는 두려움을 안고 이리저리 돌아다녔지만, 교회의 종은 묵과했다…. 처음에 종은 친절하고 사려 깊게 설득했다. 하지만 이내 가혹하게 탑 주위를 맴도는 까마귀들처럼 그의 주변에서 눈에 띌 정도로 분명하게 그를 꾸짖었고, 그를 재촉하고, 그의 머릿속으로 침입하여 그가 불행한 사랑을 제거하고 그의 죄를 뿌리 뽑게 하려는 것이었다!

XII

위그는 고통스러웠다. 나날이 차이점이 뚜렷해졌다. 이제는 외모만으로 자신을 속이는 것도 불가능했다. 제인의 얼굴은 상당히 거칠어졌을 뿐 아니라 여전히 똑 닮은 진주 같은 눈과 흑옥 빛깔 눈동자지만 눈가에 그림자를 드리우는 주름이 잡혀 피곤함이 서려 있었다. 또 그녀는 어느새 극장에서 배우로 지냈던 시절처럼 파우더로 볼을 부드럽게 만들고, 입술을 붉게 물들이고, 눈썹을 검게 만들었다.

위그는 그가 기억하는 자연스럽고 순결한 얼굴과 너무나도 어울리지 않는 화장을 그만두게 하려고 했지만 헛수고였다. 제인은 거칠게 화를 내고 냉소적으로 빈정거렸다. 마음속으로 그는 죽은 아내의 온화함, 차분한 기질, 그녀의 입에서 꽃잎처럼 떨어지는 굉장히 다정한 귀족 같은 말들을 떠올렸다. 다툼 한 번 없이, 휘저어진 바닥의 진흙처럼 영혼에서 올라오는 적의에 찬 말 한마디도 하지 않고 함께 보낸 십 년의 세월.

이제 나날이 두 여인의 차이점이 더욱더 명확해지고 있었다. 오! 아니다, 죽은 아내는 그녀 같지 않았다! 그는 자신이 벌인 정사를 합리화했던 변명거리를 없애버리고 그 속에서 비참함을 발견하고 나자 두 여인 사이에 드러나는 이와 같은 명확한 차이 때문에 상심했다. 수치심에 가까운 난처함이 그를 엄습했다. 그는 그토록 애도했던 아내에 대해, 이제 죄책감을 느끼기 시작한 아내에 대해 더는 감히 생각할 수 없었다.

그는 그녀의 초상화들이 바라보는 눈길 앞에서, 그를 질책하는 듯한 그 시선 앞에서 당황하고 부끄러운 마음이 들어 이제는 그녀에 대한 기억이 영원히 계속되는 응접실에 거의 들어가지 않았다. 그녀의 머리카락은 보석상자 안에 거의 방치되어 약간의 잿빛 먼지가 쌓인 채로 놓여 있었다.

위그는 자신이 그 어느 때보다도 더 마음이 연약해지고 당혹스러워하고 있음을 느꼈다. 외출하고, 돌아오고, 다시 외출하고, 말하자면 자신의 집에서 제인의 집까지 떠밀려 갔다가도 그가 멀리 있을 때는 그녀의 얼굴에 이끌렸고, 그가 그녀 곁에 있을 때는 후회, 회한, 자기 경멸에 사로잡했다.

그의 집 안도 엉망이었다. 이제 정확히 시간을 지키는 것도, 체계적인 것도 전혀 없었다. 그는 지시를 내렸다가 금방 바꾸었다. 식사를 취소하기도 했다. 늙은 하녀 바르브는 더 이상 어떻게 집안일을 하고 생필품을 구매해야 할지 알 수 없었다. 슬프고 걱정이 된 바르브는 이유를 알면서도 주인을 위해 신에게 기도했다….

가끔 그 여자가 사들인 것들에 대해 상당한 금액을 요구하는 고지서와 청구서가 날아들었다. 주인이 없을 때 청구서를 받은 바르브는 아연실색했다. 돈 쓰는 것을 우습게 여기는 낭비벽으로 끊임없이 소비를 해대고 도시의 상점들에서 애인의 이름을 이용하고 남용하며 계속해서 사들인 옷, 싸구려 장신구, 고가의 보석, 외상으로 얻어낸 모든 물건.

위그는 그녀의 변덕을 모두 받아주었다. 그러나 그녀는 조금도 고마워하지 않았다. 그녀가 외출하는 횟수는 점점 더 늘어났고, 때로는 온종일을, 그리고 저녁까지도 집을 비웠다. 급하게 메모를 남기며 그와의 약속을 미루기도 했다.

이제 그녀는 몇몇 친구를 사귀게 된 것처럼 굴었다. 그녀에게는 여자 친구들이 있었다. 그녀는 항상 그런 식으

로 혼자서 살 수 있었던 것일까? 어떤 때는 언니가 아프다고 그에게 알리기도 했다. 그녀의 언니는 릴에 살고 있었는데 그에게는 한 번도 말한 적이 없었다. 그녀는 언니를 보러 가야만 했다. 그래서 며칠간 집을 비웠다. 그녀가 돌아왔을 때 같은 방식의 행동이 다시 시작되었다. 어수선한 생활, 집 비우기, 외출, 이리저리 흔들어대는 부채질, 위그의 생활을 좌우하는 잦은 일정의 변동.

  그는 결국 조금씩 의심을 하기 시작했다. 그는 그녀를 몰래 감시했다. 저녁에는 집 주변으로 가서 잠든 이 도시 브뤼주에서 밤에 돌아다니는 유령처럼 어슬렁거렸다. 그는 숨어서 살피고, 조마조마하게 멈춰 서고, 침묵이 흐르는 통로에서 사라져가는 귓가를 간지럽히는 짤막한 초인종 소리를 듣고, 불이 켜진 창문 앞에서 밤늦도록 바람을 맞으며 밤을 지새우고, 블라인드에서 매초 두 개인 것처럼 보이는 실루엣이 중국 그림자놀이를 하듯 지나다니는 것을 보았다.

  이제는 죽은 아내가 문제가 아니었다. 제인의 매력이 점차 그를 사로잡았고, 그녀를 잃을까 두려움에 떨었다. 이제는 그녀의 얼굴뿐만이 아니라 그녀의 육체까지도 문제였다. 커튼의 주름에 떠다니는 그림자밖에는 보이지 않았지만, 그에게는 그녀의 온몸 이미지가 밤의 반대편에서 불타오르는 것처럼 그려졌다…. 그렇다! 그는 그녀 자체를 사랑하고 있었다. 그는 저녁마다 한밤중의 종소리에, 이 북쪽 지역에서 구름이 끊이지 않고 이슬비로 흩어져버려 계속해서 내리는 가는 비에 미칠 것 같으면서도 그녀를 지켜보며 고통을 느끼고 슬퍼할 정도로 질투를 하고 있던 것이었다.

그는 비가 점점 거세지는 와중에도 겨울이 끝날 무렵의 흐린 하늘 아래 녹아내린 눈, 진흙, 가슴이 저리는 온갖 슬픔 속에서 그녀를 엿보고, 안마당에서처럼 짧은 거리를 이리저리 오가고 몽유병 환자처럼 모호한 말들을 큰 소리로 내뱉으며 그곳에 머물러 있었다….

그는 알아내고, 밝혀내고, 보고 싶었다…. 아! 얼마나 고통스러운가! 대체 이 여인은 어떤 영혼을 지녔길래 그를 이렇게 아프게 하는 걸까. 이와 다르게 그녀와 다른 영혼, 그러니까 너무나도 착한 죽은 아내의 영혼은 그의 고뇌가 극에 달한 이 순간, 한밤중에 일어나 달처럼 그를 측은하게 바라보는 것 같았다.

위그는 이제 속지 않았다. 그는 제인의 거짓말을 알아챘고, 상황들을 종합해서 추측했다. 지방 도시에서 늘 그렇듯 욕설, 비꼬는 말들, 배신의 내막, 그가 진작에 의심하고 있었던 방탕한 생활에 관한 이야기가 가득 담긴 익명

죽음의 도시 브뤼주

의 편지와 엽서가 그의 집으로 쏟아졌을 때, 이내 명확해졌다…. 그는 이름과 증거들을 전달받았다. 한 여인과의 우연한 만남 속에서 처음에는 그렇게도 떳떳한 명분을 발견했지만, 결국 관계의 끝은 이러했다. 그녀로서는 그가 관계를 정리할 것이고, 그 이상은 말할 필요도 없었다! 그러나 방탕해진 그의 모습, 우스꽝스럽게 실추된 그의 애도하는 태도, 그가 진정으로 절망하며 숭배했지만, 이제는 사람들의 조롱거리가 된 그 성스러운 것을 어떻게 바로잡을 수 있을까?

위그는 몹시 상심했다. 이제 그에게 제인 역시 끝나버린 사람이었다. 마치 죽은 아내가 다시 죽는 것 같았다. 아! 제멋대로 행동하는 기만적인 이 여인에게서 참았던 모든 것!

그는 어느 날 저녁 마지막으로 그녀의 집에 가서 작별 인사를 하면서 그녀로 인해 쌓인 고통의 무게로부터 그만 자유로워지기로 했다.

화는 내지 않은 채 헤아릴 수 없는 슬픔을 안고서 그는 그녀에게 모든 것을 알게 되었다고 말했다. 그녀는 허세를 부리는 듯한 태도로 거만하고 불량하게 말했다. "뭐라고요? 무슨 말을 하는 거예요?" 그는 전달받은 이야기들, 수치스러운 편지들을 보여줬다….

"익명으로 보낸 편지를 믿을 정도로 당신은 멍청한 건가요?" 이렇게 말하고 나서 그녀는 먹잇감을 잡아먹기 위해 만들어진 듯한 하얀 이를 드러내며 잔혹하게 웃기 시작했다.

위그는 말했다. "당신이 직접 벌인 기만적인 행동이 나를 환상에서 깨어나게 해줬소."

제인이 갑자기 노발대발해서는 허공에 치마를 휘두르며 이리저리 돌아다니는 바람에 문이 세게 닫혔다.

"아니, 그게 사실이라면요?" 그녀는 소리쳤다.

그리고 잠시 후 이렇게 말했다. "게다가 여기 사는 건 이제 지긋지긋해요! 나는 떠날 거예요."

그녀가 말하는 동안 위그는 그녀를 쳐다보았다. 그는 램프 불빛 속에서 그녀의 맑은 얼굴, 검은 눈동자와 금색으로 염색한 가짜 금발 머리, 그녀의 마음과 사랑처럼 거짓된 금발 머리를 다시 보았다! 아니었다! 이제는 죽은 아내의 모습이 아니었다. 가운을 입고 목으로 숨을 몰아쉬며 떨고 있는 그녀가 다름 아닌 그가 껴안았던 여자였다. "나는 떠날 거예요!"라고 외치는 소리를 들었을 때 그의 영혼이 완전히 전복되면서 무한한 어둠을 향해 돌아섰다….

이 침통한 순간에, 닮은 모습에 현혹된 신기루 같은 환

상을 겪고 나자 그는 때늦은 열정, 우연히 장미가 뒤늦게 다시 피어나 열광하게 만든 슬픈 10월로 인해 그녀를 관능적으로 사랑했던 것이라고 느꼈다!

온갖 생각이 머릿속에서 소용돌이쳤다. 이제 그는 하나밖에는 알지 못했다. 그는 고통받고 있었고, 아팠고, 제인이 떠나겠다고 협박하지 않는다면 고통스럽지 않을 것이다.

그는 여전히 있는 그대로의 그녀를 원했다. 위그는 자신의 비겁함 때문에 마음속으로 수치심을 느꼈다. 그러나 이제는 그녀 없이 살 수는 없었다…. 게다가 누가 알겠는가? 세상은 너무나도 악의로 가득하다! 그녀는 심지어 자신의 결백을 증명하길 원하지도 않았다.

그러자 극심한 고통을 느꼈던 꿈이 끝나버린 순간 앞에서 그는 갑자기 엄청난 고뇌에 사로잡혔다(사랑이 깨지는 건 마지막 인사도 없이 떠나는 작은 죽음과도 같다). 그런데 이 순간 그를 가장 고통스럽게 하는 것은 제인과 이별을 하고, 닮은 모습을 비추는 거울이 깨져버렸기 때문만은 아니었다. 그는 특히 이 도시와 마주했을 때, 그와 그 도시 사이에 더는 아무도 없이 자신만 홀로 남게 될 위기에 처했다는 생각 때문에 불안해하고 있었다. 물론 이 돌이킬 수 없는 브뤼주, 그 회색빛 우울한 분위기는 그가 직접 선택했다. 그렇지만 종탑의 그림자가 지닌 무게가 너무나도 무거웠다! 그리고 제인은 그녀에게 구속된 그의 영혼이 그 그림자를 느끼는 데 익숙해지도록 만들었다. 이제 그는 그 도시의 모든 것에 어쩔 수 없이 따를 것이다. 그는 종에 사로잡혀 홀로 남게 될 것이었다! 두 번째 사별을 겪는 것처럼 더욱더 혼자가 될 것이었다! 도시 역시 그에게는 한층 더 죽은 듯 여겨지리라.

얼이 빠진 듯한 위그는 제인을 향해 돌진하며 그녀의 손을 잡고 속으로 눈물을 흘린 듯 눈물에 젖어 연약한 목소리로 애원했다. "떠나지 마! 떠나지 마! 내가 미쳤었어…."

그날 저녁, 둑길을 따라 돌아가면서 그는 알 수 없는 위기에 두려워하며 불안함을 느꼈다. 음울한 생각이 그를 엄습했다. 죽은 아내가 그에게서 떠나지 않고 있었다. 그녀는 안개 속에서 수의를 둘러 입고 다시 돌아와서는 저 멀리서 떠다니고 있는 것 같았다. 위그는 자신이 그 어느 때보다도 더 아내에게 나쁜 짓을 저질렀다고 생각했다. 갑자기 바람이 불었다. 물가의 포플러들이 탄식의 소리를 냈다. 길을 따라 뻗은 운하에 물결이 일어 백조들, 문장^{紋章}을 물려받은 몇백 년 된 아름다운 백조들, 전설에 따르면 이 도시가 영원히 돌볼 수밖에 없는 백조들, 무기 안에 백조

죽음의 도시 브뤼주

들을 새겨 넣었던 제후諸侯를 부당하게 죽여 속죄하는 백조들이 흔들리고 있었다.

그런데 평소에는 그토록 조용하고 하얗기만 한 백조들이 질겁하여 운하의 물결을 흐트러뜨리면서 예민해지고 흥분했고, 그 주변에서 푸드덕대던 한 마리가 백조 무리에 의지하여 침대에서 일어나려고 뒤척이는 환자처럼 물에서 일어났다.

새는 괴로워하는 듯했다. 간헐적으로 울부짖고 있었다. 그러고 나서 단번에 날아올라 멀어지면서 울음소리는 누그러졌다. 그 울음은 인간의 상처 입은 목소리, 조바꿈을 하는 진짜 노래와 흡사했다….

위그는 당황하며 이 알 수 없는 장면을 바라보고 또 그 소리를 들었다. 그는 토속신앙을 떠올렸다. 그렇다, 백조가 노래를 부르고 있었다! 그러면 이제 백조는 죽거나 적어도 공기 중에서 죽음을 느낄 것이었다!

위그는 몸서리쳤다. 나쁜 징조일까? 제인과 싸우는 끔찍한 모습, 떠나겠다는 그녀의 협박은 그가 이런 불길한 예감을 너무 잘 대비하도록 만들었을 뿐이다. 그에게 다시 무슨 일이 일어날 것인가? 미신이 깃든 이 슬픈 밤은 어떤 애도를 위한 것일까? 그는 또다시 무엇 때문에 혼자가 될 것인가!

XIII

제인은 이런 심각한 상황을 이용했다. 그날 그녀는 협잡꾼의 직감으로, 자신에게 감염되고 자신 마음대로 할 수 있는 이 남자에게서 자신이 차지한 힘이 무엇인지를 알게 되었다.

몇 마디 말로 그녀는 위그를 완전히 안심시켰고, 그를 다시 정복했으며, 그가 보기에 그녀는 아무런 상처도 입지 않고 다시 왕좌에 앉았다. 그리고 그녀는 그 나이에 긴 시간 동안 고통을 받아 아프고, 지난 몇 달간 이미 너무 변해버린 탓에 위그가 오래 살지 못하리라고 예상했다. 그는 부자라고 알려져 있었다. 그는 이 도시에서는 이방인이었고 혼자였으며, 아는 사람이 아무도 없었다. 쉽게 손에 넣을 수 있는 유산을 놓치게 두다니 그녀로선 얼마나 미친 짓인가!

제인은 조금은 분별 있는 생활을 했고, 그럴듯하게 외

출을 뜸하게 했으며, 무모한 짓은 조심스럽게만 했다.

그녀는 로제르 강둑에 있는 넓고 낡았지만 사치스러운 외관과 집 안에서 무슨 일이 벌어지는지 전혀 짐작할 수 없게 만드는 철통같은 레이스 커튼과 서리가 문신처럼 끼어 있는 창문이 보이는 위그의 집에 언젠가 가보고 싶다는 생각이 들었다.

제인은 그의 집으로 들어가 그의 사치품들을 통해 재산을 예측해보고, 가구, 은제품, 보석, 그녀가 탐냈던 모든 것을 헤아려보고, 어떤 것을 취할지 머릿속으로 목록을 작성하고 싶었다.

하지만 위그는 결코 그녀를 집으로 들이는 데 동의하지 않았다.

제인은 다정하게 굴었다. 그들의 관계가 다시 시작되는 것 같았고, 일시적으로 달콤하고 기분 좋은 소강상태에 들어간 듯했다. 마침 적절한 기회가 주어졌다. 5월이었다. 다음 월요일에는 수 세기 전부터 매년 행해지는 성혈 대축일의 예배 행렬, 성스러운 창에 찔려 벌어진 '상처'에서 흘러나온 피 한 방울이 보관된 성골함의 행렬이 열렸다.

예배 행렬은 로제르 강둑에서, 위그가 사는 집 창문 아래로 이어졌다. 제인은 그런 유명한 행렬에 참여한 적이 없었지만, 이 행렬에는 호기심을 보였다. 이 행렬은 너무 멀리 떨어져 있어 그녀의 집 앞을 지나지는 않을 것이다. 그날 플랑드르 전역에서 사람들이 몰려들 텐데 혼잡한 거리에서 행렬을 보려면 어떻게 해야 할까.

"있잖아요! 이거 어때요? 내가 당신 집에 갈게요…. 우리 같이 저녁 먹어요…."

위그는 수군대는 이웃과 하녀를 이유로 반대했다.

"모두 자고 있을 때 내가 일찍 갈게요."

그는 근엄하고 믿음이 깊은 바르브가 그녀를 악마가 보낸 사자(使者)라고 생각할지도 모른다는 생각에 걱정스러웠다.

하지만 제인이 고집을 피웠다. "자, 그렇게 할까요?"

그녀의 목소리에는 애교가 담겨 있었다. 그것은 그들이 처음 시작했을 때의 목소리, 어떤 특정한 순간을 위해 모든 여자가 가지고 있는 유혹의 목소리, 노래하고, 광채를 내며 소용돌이로 확장해 남자들이 굴복하고, 맴돌며, 자신을 내맡기게 하는 목소리였다.

XIV

예배 행렬이 있는 월요일, 바르브는 평소보다 이른 아침에 일어났는데, 행렬이 지나가기 전에 집을 정돈할 시간이 오전밖에 없기 때문이었다.

바르브는 5시 반에 첫 번째 미사에 가서 열성적으로 영성체를 받았고, 돌아오자마자 준비를 시작했다. 찬장에서 은촛대와 은으로 된 작은 단지와 향을 피울 향로를 꺼냈다. 바르브는 그것들을 거울처럼 반들반들해질 때까지 하나하나 닦아 윤을 냈다. 또 그녀는 고급 식탁보를 꺼내서 창문마다 앞에 놓아둔 작은 테이블에 씌웠다. 그것은 성모 마리아의 달에 사용하는 멋진 제단 같은 것으로, 양초가 십자가상과 작은 성모상을 둘러싸고 있었다….

외부 장식에 대해서도 생각을 해봐야 했다. 그날은 저마다 경건한 열정을 가지고 경쟁을 하기 때문이었다. 관습에 따라 이미 저택 외벽에는 농부들이 집마다 가져다준

녹색 동으로 된 나뭇가지가 달린 전나무들이 길가에 두 줄로 늘어서서 장식되어 있었다.

바르브는 발코니에 교황의 색을 띤 휘장과 흰 천을 놓아 순결한 주름 장식을 해두었다. 그녀는 이리저리 재빠르고 분주하게, 그러나 매우 경건하게 오가면서 매년 하는 이 장식을 공손하게 다루었다. 그녀에게 이것은 성유^{聖油}가 깊이 밴 성직자의 손가락이 마치 신성불가침의 물로 거룩해진 것과 같은 신성한 의식이었다. 그녀는 마치 성구 보관실에 있는 듯했다.

이제 바구니에 잘라 놓은 풀과 꽃을 넣어 채우기만 하면 되었다. 하녀들은 집 앞에 행렬이 지나갈 때 나풀대는 모자이크 조각, 잘게 조각난 카펫 같은 풀과 꽃들로 길거리를 채색하게 될 것이었다. 접시꽃, 거대한 백합, 데이지, 세이지, 향기로운 로즈메리, 짧은 리본으로 잘게 나누어놓은 갈대 향기에 진하게 취한 바르브는 서둘러 움직였다. 그리고 가득 채워진 바구니 안에 그녀의 손은 마구잡이로 엉킨 꽃잎들, 산뜻한 솜, 죽은 날개에서 나온 솜털로 상쾌해졌다.

열린 창문으로 점점 커지는 본당의 종소리가 연이어 들렸다.

날씨는 우중충했다. 구름이 끼었는데도 하늘에 여운 같

죽음의 도시 브뤼주

은 것이 남아 있는 5월의 어느 날이었다. 길을 가다 종소리를 짐작하게 하는 이런 미묘한 공기 때문에 종소리의 청명함이 그녀에게까지 전달되었다. 오래된 종들, 쇠잔한 종들, 목발을 짚은 할머니들, 수도원의 여자들, 오래된 탑의 여자들, 집 안에만 틀어박혀 있는 여자들, 병약한 여자들, 일 년 내내 조용히 지내다가도 성혈 대축일에는 밖으로 나와서 행렬에 참여하는 여자들이 있었다. 그녀들은 모두 낡은 청동빛 원피스 위에는 밝은 흰색의 중백의中白衣를 입고, 부채처럼 주름이 진 둥근 가두리 장식의 천을 두르고 있는 것처럼 보였다. 바르브는 종소리를, 큰 축제에서만 들을 수 있는 대성당의 느릿하고 어두운 거대한 종소리를, 주교의 홀장笏杖처럼 침묵을 강타하는 종소리를 듣고 있었다…. 그리고 근처에 있는 작은 종탑에서 나는 작은 종소리도 모두 듣고 있었다. 그것은 하늘에서도 줄지어 행진하는 은빛 드레스의 감동적인 향연이었다….

바르브의 신앙심이 고취되고 있었다. 그날 아침, 열성적인 마음이 널리 퍼져 있는 것 같았고, 아주 요란하게 울리는 종소리와 함께 황홀감이 꽃잎처럼 하늘에서 떨어져 내리고, 천사들이 지나가며 보이지 않는 날갯짓 소리가 들리는 것 같았다.

이 모든 것이 그녀의 영혼에, 예수의 존재를 느끼는 그녀의 영혼에 가닿는 듯했다. 그녀의 영혼에서는 새벽 미사에서 그녀가 먹은 면병麵餅이 여전히 온전한 상태로, 그 한가운데에는 예수의 얼굴이 보이는 완전한 원의 형태로 빛나고 있었다.

늙은 하녀는 그녀 안에 진정으로 존재하는 예수의 선함을 다시 생각하며 성호를 긋고, '성체聖體'에 대한 추억과 입에 감도는 맛을 간직한 채 기도를 시작했다.

그런데 주인이 종을 쳐서 그녀를 불렀다. 그의 점심시간이었다. 그는 이 시간을 틈타 그녀에게 저녁 식사를 함께할 사람을 기다리고 있으며, 이에 맞는 준비를 해야 한다고 그녀에게 알렸다.

바르브는 깜짝 놀랐다. 그는 한 번도 누군가를 초대한 적이 없었다! 이 일은 그녀에게 이상하게 느껴졌다. 갑자기 끔찍한 생각이 그녀의 머릿속을 스쳤다. 만약 그녀가 두려워했던 일이 일어난다면? 조금은 진정이 되어 더는 생각하지 않았던 일이 일어난다면? 그녀는 짐작해보았다…. 그렇다! 그 여자다. 로잘리 수녀가 그녀에게 말한 여자가 아마도 오기로 한 여자가 아닐까?….

바르브는 피가 모두 굳어버린 것 같았다…. 그렇다면 그녀는 이미 결심이 섰고, 주어진 임무는 명확했다. 그 인간에게 문을 열어주고, 식사 시중을 들고, 그 사람의 지시를 따르고, 그 죄에 가담하는 것. 고해신부는 그녀에게 분명히 이를 금시했었다. 그런데 바로 그날! 예수의 '피'가 집 앞을 지나가게 될 바로 그날! 오늘 아침 영성체를 받은 그녀인데!…. 아, 아니다! 그럴 수는 없다! 그녀는 즉시 일을 관둬야 할 것이다.

하녀는 이 조용한 지방 도시에서 볼 수 있는 노총각이나 홀아비 집안의 하녀들이 재빠르게 행사하는 작은 권력으로 이를 알아내고 싶었다. 그녀는 넌지시 말했다.

"주인님이 저녁에 초대한 분은 누구실까요?"

위그는 바르브가 그렇게 물어보는 것이 조금은 노골적이라고 하면서 그 사람이 오면 알게 될 것이라고 대답했다.

하지만 바르브는 점점 더 사실이 되어가는 듯한 자신의 생각에 지배되었고, 이제는 두려움과 진짜 공포에 사로잡혀서 불시에 당하지 않으려고 모든 위험을 감수하기로 했다. 그녀는 다시 말을 이어갔다.

"주인님께서 기다리시는 분이 여성분은 아니신가요?"

"바르브!" 하고 위그가 놀란 기색으로, 그리고 조금은 엄격한 표정으로 그녀를 쳐다보며 말했다.

하지만 그녀는 주저하지 않았다.

"제가 미리 알 필요가 있어서 그래요. 주인님께서 기다리시는 분이 여성분이라면, 그분의 저녁 식사 시중을 들지 못할 것이라고 주인님께 알려드려야만 하니까요."

위그는 어이가 없었다. 그는 꿈을 꾸고 있는 걸까? 하녀가 미쳐버린 걸까?

하지만 바르브는 단호한 태도로 떠나겠다고 거듭 말했다. 그녀는 계속할 수 없었다. 사람들이 이미 그녀에게 알려주었다. 고해신부는 그녀에게 떠나라고 했다. 그녀는 분명 그 말을 거역하지 않을 것이었고, 크나큰 죄를 지어 갑작스러운 죽음을 맞이하거나 지옥에 떨어지지도 않을 것이었다.

위그는 처음에는 아무것도 이해하지 못했다. 차츰 그는 모호한 이야기의 실타래, 그럴듯한 뒷말, 소문난 정사 이야기를 풀어냈다. 바르브도 알고 있었을까? 그래서 하녀는 제인이 올 거라는 말에 떠나버리겠다고 협박을 한 것일까? 그렇다면 수년 전부터 매일같이 두 존재 사이에 나란히 감기고 엮여 있는 수천 가닥의 실로 그의 호의를 받으며, 습관처럼 그에게 묶여 있는 이 보잘것없는 하녀가 단 하루 그 여자의 시중을 드느니 모든 것을 끊어내고 그를 떠나길 원할 정도로 제인은 그토록 멸시를 당하는 것이었을까?

위그는 그날 낮에 세운 유쾌한 계획을 예상치 못하게

무너뜨리는 이 갑작스럽고 난처한 상황 앞에서 망가진 용수철처럼 맥없이 어리둥절한 채 있었다. 그리고 체념한 듯 이렇게 말할 뿐이었다.

"그래! 바르브, 당장 떠나도 괜찮아."

보통 사람들이 가질 만한 선량한 마음을 지닌 늙은 하녀는 생각해보더니 그가 고통받고 있다는 것을 알고 너무나도 측은한 마음이 들어 갑자기 대자연이 홍얼거리며 아이를 달래고 재우는 듯한 목소리로 머리를 흔들며 속삭였다.

"오! 주여! 가엾은 우리 주인님!…. 그런 여자 때문에, 주인님을 배신하는 나쁜 여자 때문에….".

그렇게 잠시 신분의 차이는 잊고, 그녀는 어머니의 마음으로, 신이 지닌 연민의 감정으로 고귀해져서는 상처를 닦아주며 치유하는 샘처럼 울음을 쏟아냈다….

하지만 위그는 어쩐지 그녀의 이런 간섭에, 그에게 제인에 대해 말하는 뻔뻔함에 짜증이 나고 모욕을 느껴 그녀의 입을 다물게 했다. 지체하지 않고 그녀에게 해고 통보를 한 것은 바로 그였다. 그녀는 다음 날 자신의 옷가지를 가지러 오리라. 하지만 오늘 그녀는 떠나야 한다, 당장 떠나야만 한다!

주인이 짜증을 내는 바람에 바르브로서는 갑작스럽게

주인을 떠나는 것으로 인해 느꼈을 마지막 양심의 가책이 사라졌다. 그녀는 자기 자신에 대해 만족해하며, 자신의 임무를 위해 그리고 그녀 안에 자리 잡은 예수를 위해 자신을 희생했음을 만족해하며, 모자가 달린 검은색 고급 외투를 입었다….

그다음 그녀는 차분하고 태연하게 오 년 동안 살았던 저택을 나섰다. 하지만 길을 나서기에 앞서 그 거리만큼은 예배 행렬의 걸음걸음에 꽃잎들이 부족하지 않게 앞치마에 덜어두었던 바구니의 내용물들을 집 앞에 뿌렸다.

XV

하루의 시작이 어찌나 잘못됐는지! 즐거운 계획은 일종의 도전이나 마찬가지라 할 수 있다. 계획을 너무 오랫동안 준비하면 운명이 둥지 안의 알을 바꿀 수 있는 시간을 갖게 되어 우리가 품게 될 것은 고통이 된다.

바르브가 나가면서 문이 닫히는 소리를 듣고 위그는 비참한 기분이 들었다. 게다가 그 늙은 하녀가 점차 삶의 일부가 되었기에 느낄 수 있는 우울감, 더 크게 느껴지는 고독까지. 이 모든 것은 제인 때문이었다. 변덕스럽고 매정한 그 여자 때문이었다. 아! 그 여자 때문에 벌써 그가 얼마나 고통받았는가!

이제 그는 정말로 그녀가 오지 않기를 바랐다. 그는 슬프고, 불안하고, 신경질이 났다. 그는 죽음에 대해 생각했다…. 아내를 닮은 여자의 금세 망해버릴 거짓말을 어떻게 믿을 수 있었던가? 그리고 아내의 존재로 가득 찬 집에 또 다른 여자가 와서 아내가 앉았던 안락의자에 앉고, 죽은 자들의 얼굴이 남겨져 있는 거울을 따라 자신의 얼굴을 죽은 아내의 얼굴에 포개는 모습을 보고 아내는 무덤 너머에서 어떤 생각을 할까?

초인종이 울렸다. 위그는 직접 문을 열러 가야만 했다. 제인이었다. 그녀는 늦어서 빠르게 걸어오느라 얼굴이 빨갰다. 그녀는 거칠고 거만하게 들어와서는 넓은 복도와 문이 열려 있는 응접실들을 훑어보았다. 저 멀리서 나는 음악 소리가 벌써 가깝게 들려오기 시작했다. 행렬은 머지않아 집 앞으로 올 것이었다.

위그는 바르브가 놓아둔 작은 테이블 위의 양초와 창턱에 있는 초에 직접 불을 붙였다.

그는 제인과 함께 2층에 있는 자신의 방으로 올라갔다. 십자형 유리창은 닫혀 있었다. 제인은 창문 하나를 열면서 앞으로 나갔다.

"아, 안돼!" 위그가 말했다.

"왜요?"

그는 그녀에게 자신의 집에서 그런 식으로 모습을 드러낼 수는 없다고 지적했다. 더군다나 행렬이 지나갈 때는 더욱더 그러면 안 되었다. 지방은 고상한 척하는 곳이다. 추문이 돌 것이다.

제인은 거울 앞에서 모자를 벗었다. 그녀는 항상 가지고 다니는 상아로 만든 작은 상자에 담긴 퍼프로 얼굴에 분을 조금 발랐다.

그러고 나서 그녀는 밝게 빛나는 구릿빛 색깔이 시선을 끄는 머리카락을 한껏 드러내고 창문으로 다시 다가갔다.

위그는 초조해했다. 커튼 뒤로 충분히 보일 수 있었다. 그는 힘을 다해 움직여 거칠게 창문을 닫았다.

그러자 제인은 언짢아하며 더 이상 구경하길 원하지 않았고, 철통같이 단단한 소파에 누웠다.

예배 행렬이 성가를 불렀다. 뻗어 나가는 찬송가의 물결 속에서 행렬이 가까워지는 것을 알 수 있었다. 위그는 너무나도 괴로운 나머지 그녀를 외면해버렸다. 그는 자신의 모든 고통을 녹여줄 서늘한 물기가 서려 있는 창문에 뜨거운 이마를 갖다 댔다.

합창대의 첫 번째 아이들이 지나갔다. 머리를 짧게 깎은 합창대 아이들은 양초를 들고 시편을 읊고 있었다.

위그는 레이스로 만들어진 종교화 바탕에 채색된 드레스처럼 눈에 띄는 사람들이 지나가는 것을 창문을 통해 보면서 행렬의 모습을 똑똑히 알아볼 수 있었다.

수도회원들은 예수성심상을 받침대에 받쳐 들고 줄지어 갔다. 스테인드글라스 창문처럼 빳빳한 금빛 깃발을 들고서. 그리고 순수한 무리, 하얀 옷을 입은 목동과 푸른 빛을 띤 작은 물결의 향을 내뿜는 모슬린 옷을 입은 무리가 지나갔다. 그들처럼 하얀, 눈과 같은 양털을 지닌 유월절의 어린양 주변에 모인 순진무구한 아이들의 모임 같았다.

위그는 잠시 제인 쪽을 돌아보았다. 그녀는 여전히 토라져서 소파에 처박혀 고약한 생각에 잠겨 있는 듯 보였다.

세르팡과 오피클레이드* 소리가 좀 더 장중하게 울려 퍼져 소프라노의 가냘프고 간헐적인 노랫소리를 휩쓸어 가버렸다.

그리고 창밖으로 성지聖地의 기사들, 금색 옷과 갑옷을 입은 십자군 병사들, 브뤼주의 역사 속 공주들, 예루살렘에서 성혈을 가져온 알자스의 티에리라는 이름과 관련된 모든 사람이 위그 앞에 나타났다. 이 역할을 맡은 사람들은 옛날 의복, 희귀한 레이스 제품들, 몇백 년 된 가문의 보석을 두른 플랑드르 귀족 청년들과 소녀들이었다. 미술관에서 영원히 전해지고 있는 반 에이크와 멤링의 그림에

---

* 세르팡은 뱀처럼 구불구불한 모양이라 '뱀(serpent)'이라는 명칭이 붙은 금관악기의 일종이며, 오피클레이드는 중저음 소리를 내는 금관악기이다.

등장하는 성인, 전사, 기진자들이 기적적으로 육신을 얻어 되살아난 것처럼 보였다.

　분통함을 표하는 제인 때문에 매우 괴로운 위그는 헤아릴 수 없는 슬픔을 느꼈고, 그를 아프게 하는 성가를 들으니 더 슬퍼졌다. 그는 그녀를 달래려고 했다. 그러나 그녀의 첫마디에 그의 기분은 완전히 뒤집혔다.

　그리고 제인은 그에게 더 많은 상처를 입히게 될 것들을 손에 가득 쥔 듯 신경이 곤두서 있는 그를 바라봤다.

　위그는 비탄에 잠겨 조용히 자신만의 세계에 빠진 채, 말하자면 거리에서 소용돌이치는 음악의 물결 속에 영혼을 던져 자신을 멀리까지 휩쓸어갈 수 있도록 했다.

　다음으로 성직자, 모든 수도회의 수도사들이 행진했다. 성 도미니크회, 구속주회, 성 프란체스코회, 카르멜회 수도사들이었다. 그러고 나서 각각의 구역에 소속된 신부들이 어린이 합창대의 붉은색 복장을 하고 나타났다. 보좌신부, 주임신부, 참사회 회원들이 보석이 펼쳐진 정원처럼 빛나는 자수가 놓인 소맷부리가 짧고 넓은 제의를 입고 있었다.

　그때 향로가 부딪치는 소리가 들렸다. 파란 연기가 소용돌이처럼 굴러 나왔다. 작은 종들은 더 낭랑한 싸락눈으로 합쳐져 울려 퍼졌다.

주교관主敎冠을 쓴 주교가 차양막 아래에서 성골함을 들고 나타났다. 그것은 금으로 된 작은 성당 모양으로, 둥근 지붕이 얹어져 있는데, 둥근 지붕을 이루는 천 개의 카메오, 다이아몬드, 에메랄드, 자수정, 에나멜, 토파즈, 천연 진주 가운데 유일하게 루비만이 성혈에 사로잡혀 꿈을 꾼다.

위그는 신비한 느낌, 이 모든 모습에서 나타나는 열정, 길거리에, 창문 아래, 더 먼 곳에서, 곳곳에서 기도하는 도시의 저 끝까지 한데 모인 엄청난 군중이 보여주는 신앙심에 매료되어 성골함이 다가올 때, 모든 사람이 성가가 쏟아져 나오는 가운데 무릎을 꿇고 고개를 숙이는 것을 보고 그 역시 경의를 표했다.

위그는 현실을, 제인의 존재를, 그들 사이에 또다시 거대한 얼음 조각들을 던져놓았던 조금 전의 광경을 잊어버렸다. 제인은 감동한 그의 모습을 보고 비웃었다.

그는 순식간에 이 여자에게 느끼기 시작한 증오의 감정을 억누르면서 그녀의 조롱을 알아차리지 못한 척했다.

거만하고 쌀쌀맞은 그녀는 모자를 다시 쓰고 떠나려는 듯 옷매무새를 매만졌다. 위그는 예배 행렬이 지나가고 이제 침실에 다시 드리워진 무거운 침묵을 감히 깨뜨리지 못했다. 거리는 순식간에 텅 비었고, 환희의 순간이 지나

죽음의 도시 브뤼주

가버린 뒤 느껴지는 지나친 슬픔으로 이미 적막해졌다.

그녀는 말없이 내려갔다. 그리고 1층에 도착했을 때 생각이 바뀌었다는 듯, 아니면 호기심에 사로잡혔다는 듯 입구에서 문이 이미 열려 있는 응접실들을 바라보았다. 그녀는 몇 발자국 걸음을 내디뎠고 서로 연결된 두 개의 널따란 방으로 들어갔는데, 그 근엄한 모습이 자신을 책망하는 듯했다. 방도 얼굴을, 표정을 갖고 있다. 방과 우리 사이에는 순간적인 우정, 반감이 존재하는 것이다. 제인은 푸대접을 받는다고 느꼈고, 자신이 그곳에서 비정상적이고 이방인인 것처럼 느껴졌으며, 거울과 대립하고 있는 것 같았고, 그녀의 존재로 인해 그 변함없는 태도에 위협을 받는 낡은 가구에 적대감을 느꼈다.

그녀는 조심성 없이 그곳을 살펴보았다…. 그러고는 벽과 작은 원탁 여기저기에서 초상화들을 발견했다. 죽은 아내의 파스텔화나 사진들이었다.

"아! 여기가 여자들 초상화를 두는 곳인가요?" 그리고 그녀는 풋 하고 심술궂게 웃었다.

그녀는 벽난로 쪽으로 갔다.

"이거 봐요! 여기 나랑 닮은 초상화가 하나 있네…."

그녀는 초상화들 가운데 하나를 집어 들었다.

제인이 그곳을 돌아다니는 것을 불편해하며 엿보던 위

그는 그녀가 경솔하게 내뱉은 그 끔찍한 농담에, 신성한 아내를 건드리는 잔인한 말장난에 갑자기 심한 고통을 느꼈다.

"그거 내버려둬!" 그는 강압적으로 변해버린 목소리로 말했다.

제인은 이해하지 못하며 웃음을 터뜨렸다.

위그는 그의 추억들을 건드린 그 불경한 손가락에 충격을 받아 그녀에게 다가가서 손에 있던 초상화를 빼앗았다. 그는 그것들을 항상 마치 종교의 대상처럼, 신부가 성체현시대聖體顯示臺와 성배를 들듯 떨면서 겨우 다루었다. 그의 슬픔은 그에게 종교가 된 것이다. 예배 행렬을 위해 창문 난간에 놓여 타오르고 있는, 아직도 꺼지지 않은 양초들은 이제 예배당을 비추듯 응접실들을 밝히고 있었다.

위그의 짜증을 본 제인은 빈정거리고 사악하게 즐거워하며 그를 더 놀리고 싶은 마음에 몰래 다른 방으로 들어가 모든 것을 만지고, 장식품들을 뒤엎고, 옷가지들을 구겨댔다. 갑자기 그녀는 요란하게 웃으며 멈췄다.

그녀는 피아노 위에 있는 귀중한 보석상자를 발견했고, 계속해서 도발적인 행동을 이어서 하고자 뚜껑을 열고 꽤 놀라면서도 재밌다는 듯 긴 머리카락을 풀어 공중에서 흔들었다.

위그는 새하얗게 질렸다. 그것은 신성모독이었다. 불경한 짓이었다…. 수년 전부터 그는 그 죽어버린 물건을 감히 만지지 못했다. 그것은 죽은 사람의 몸에서 나온 것이다. 그리고 매일같이 눈물의 결정체를 만들어낼 정도로 그토록 많은 눈물을 흘리며 그 유품을 향해 올렸던 모든 종교적인 의식이 결국 그것을 조롱하는 한 여자의 장난감이 되어버린 것이다…. 아! 오래전부터 그녀는 그를 너무나도 고통스럽게 했다. 그가 지닌 모든 원한의 감정, 수개월 동안 매시간 매초 마셔 삼키고 걸러진 고통의 물결, 의심, 배신, 비를 맞으며 그녀의 창문 아래에서 기다렸던 일, 이 모든 게 한꺼번에 떠올랐다…. 그는 그녀를 쫓아내려고 했다!

하지만 그가 돌진했을 때 제인은 장난치듯 탁자 뒤로 몸을 피해 그에게 도발했고, 멀리서 머리카락을 늘어뜨리며 마치 마법에 걸린 뱀처럼 자신의 얼굴과 입으로 가까이 가져와 보아뱀이 금빛 새를 휘감듯 머리카락을 목에 감았다….

위그는 소리쳤다. "돌려줘! 돌려줘!…."

제인은 탁자 주변을 돌며 이리저리 뛰어다녔다.

위그는 그녀가 달리며 내는 바람에, 그 웃음에, 그 조롱에 이성을 잃었다. 그는 그녀를 잡았다. 그녀는 발버둥 치면서도 돌려주지 않으려고 여전히 머리카락을 목에 감고 있었고, 이제는 그가 손가락으로 자신을 꽉 움켜쥐고 있어 아픔을 느껴 그에게 화를 내고 욕설을 퍼부었다.

"제발 좀 줄래?"

"안 돼!" 그녀는 그에게 꽉 붙들린 채 여전히 신경질적으로 웃으며 말했다.

그러자 위그는 미쳐버렸다. 그의 귀에 불꽃이 일었다. 눈에는 핏발이 섰다. 어지러움이 머릿속을 휩쓸고, 갑자기 광분하면서 손끝에 경련이 일어 무언가를 움켜쥐고, 비틀고, 꽃을 꺾고 싶은 욕망이 일었고, 손에는 악력의 감각이 느껴졌다. 그는 제인이 여전히 목에 두르고 있는 머리카락을 잡았고, 그것을 되찾고 싶었다! 그는 거칠고 사납게 그녀의 목을 팽팽하게 감싸고 있는 밧줄처럼 뻣뻣한 머리카락을 잡아당겨 꽉 쥐었다.

제인은 더 이상 웃지 않았다. 그녀는 수면에 내뿜어지는 기포처럼 짧은 비명과 한숨을 내쉬었다. 목이 졸린 채 그녀는 쓰러졌다.

....

그녀는 죽어 있었다. 그것은 그녀가 '그 신비로운 비밀'

에 대해 간파하지 못했기 때문에, 그리고 신성모독을 각오하면서까지 손대지 말았어야 할 한 가지가 있기 때문이었다. 그녀는 바로 복수심이 강한 그 머리카락에 손을 대고 말았다. 머리카락은 더럽혀진 순간 순수하고 그 신비로운 비밀과 교감하는 영혼을 지닌 사람들에게 그 자체가 '죽음의 도구'가 되리라는 것을 단번에 암시하고 있었다.

이렇게 집 전체가 정말로 죽어버렸다. 바르브는 이미 떠나버렸고, 제인은 쓰러졌다. 죽은 아내는 한 번 더 죽었다….

위그는 이해하지 못한 채, 더는 영문도 모른 채 바라보았다….

두 여인은 단 하나로 합쳐졌다. 살아서도 너무 닮았고, 죽고 나서는 똑같이 창백해져 훨씬 더 닮아버려 위그는 더 이상 둘을 구분하지 못했다. 자신이 사랑한 유일한 얼굴이었다! 제인의 시체는 그에게만 보이는 예전에 죽은 아내의 망령이었다.

위그의 정신이 퇴보하여 이제 그는 아주 먼 것들에 대해서만, 아내를 잃고 처음 혼자가 되었던 순간만을 기억할 수 있었고, 그는 자신이 그 순간으로 돌아갔다고 믿었다…. 그는 아주 침착하게 의자에 앉았다.

창문은 여전히 열려 있었다….

죽음의 도시 브뤼주

정적 가운데 종소리가, 예배 행렬이 성혈 예배당으로 복귀한다는 것을 알리는 모든 종소리가 한꺼번에 울렸다. 아름다운 행렬은 끝난 것이다…. 존재했던 모든 것, 삶의 광경, 아침의 부활과 같이 노래했던 모든 것이 모두 끝나 버렸다. 거리는 다시 텅 비었다. 도시는 다시 고독했던 모습으로 돌아가려 하고 있었다.

그리고 위그는 끊임없이 반복해서 말했다. "죽은 여인… 죽은 여인… 죽음의 도시 브뤼주…." 기계적인 모습으로, 맥 빠진 목소리로 "죽은 여인… 죽은 여인… 죽음의 도시 브뤼주…."라는 말을 마지막 종소리 박자에 맞추려고 하면서. 종소리는 도시 위에서인지 아니면 무덤 위에서인지 느리고 기력이 없는 작은 노파들이 쇠로 만들어진 꽃잎을 나른하게 뜯고 있는 것처럼 보였다!

작가 연보

1855
7월 16일, 벨기에 투르네에서 태어남.
11월, 가족이 겐트로 이주. 학창 시절 벨기에 시인 에밀 베르하렌Émile Verhaeren을 만났고 훗날 함께 문학 활동을 함.

1875
겐트대학 법학부 입학과 동시에 작가 활동을 시작함.

1877
첫 시집 『난로와 들판Le Foyer et les Champs』 발표하며 가톨릭 언론의 찬사를 받음.

1878-1879
법학 박사 취득 후 변호사가 되고 아버지의 뜻으로 파리에서 변호사 수습 기간을 보냄.

1879
파리에서 시집 『슬픔Les Tristesses』 출간. 그중에서 「보석함Le Coffret」이 많은 인기를 얻음. 7월에 겐트로 다시 돌아옴.

1879-1887
문학예술 잡지 『젊은 벨기에Jeune Belgique』에서 활동하면서 벨기에 문학의 부흥에 몰두함.

1880
시집 『벨기에 1830-1880La Belgique 1830-1880』 출간.

1881 ──────────
변호사직을 사임하고 문학에 전념하기 시작. 시집『우아한 바다 La Mer élégante』출간.

1884 ──────────
시집『속세의 겨울 L'Hiver Mondain』출간.

1886 ──────────
시집『순백의 젊음 La Jeunesse blanche』출간과 함께 일간지『벨기에 독립 L'Indépendance Belge』에 첫 소설「죽은 삶 La Vie morte」발표.

1888 ──────────
파리로 완전히 이주. 시집『침묵 Du Silence』출간하고, 1895년까지『브뤼셀 신문 Journal de Bruxelles』특파원으로 활동. 8월, 안나 마리아 위르뱅 Anna-Maria Urbain과 결혼.

1889 ──────────
「죽은 삶」을 개작한 소설『추방된 예술 L'Art en exil』출간.

1891 ──────────
시집『침묵의 왕국 Le Règne du silence』출간.

1892 ──────────
아들 콩스탕탱 Constantin 태어남. 2월 4-14일『르 피가로』에「죽음의 도시 브뤼주」연재, 이후 5장과 11장을 추가하여 책으로 출간. 이 소설로 큰 인기를 얻음.

1893 ──────────
시집『폐쇄된 삶 Les Vies encloses』,『눈 속 여행 Le Voyage dans les yeux』출간.

1894 ──────────
레지옹 도뇌르 훈장을 받음. 소설『베긴회 여신도 박물관 Musée de Béguines』출간.

1895 ──────────
소설『사명 La Vocation』출간. 흉부질환과 신경쇠약으로 급격하게 건강이 악화되기 시작함.

1896 ———————————
소설 『무덤들 Les Tombeaux』 출간.

1897 ———————————
소설 『카리용 연주자 Le Carillonneur』 출간.

1898 ———————————
시집 『고향 하늘의 거울 Le Miroir du Ciel natal』 출간. 12월 25일 파리에서 사망. 파리 페르 라셰즈 공동묘지에 안치됨.

옮긴이의 말

처음으로 로덴바흐의 『죽음의 도시 브뤼주Bruges-la-Morte』를 접하고 잠깐 내용을 살펴보려다가 멈추지 못하고 계속해서 읽어 내려갔던 기억이 난다. 소설을 읽는 내내 오래된 도시의 운하, 교회, 종탑, 강둑, 거리, 수녀원 등에 깊이 스며들어 있는 차가운 잿빛 분위기에 완전히 압도당했던 것 같다. 무엇보다도 소설 곳곳에 삽입된 35장의 흑백사진은 이런 분위기를 더욱더 강렬하게 만들었다.

요즘 같은 시대에는 소설에 사진이 들어간다는 것이 놀랍지 않지만, 19세기에는 흔치 않은 일이었다. 당시만 하더라도 사진은 예술로 인정받지 못했다. 사진은 그저 현실을 있는 그대로 담아내는 객관적 기록물에 지나지 않는다고 생각한 것이다. 조르주 로덴바흐는 1892년 2월 『르 피가로Le Figaro』에서 『죽음의 도시 브뤼주』를 처음으로 선보인 후 책으로 출판하게 되는데, 이때 작품 속에 35장의 사진 삽화를 넣었다. 이렇게 『죽음의 도시 브뤼주』는 최초의 사진 삽화가 수록된 소설이 되었다.

　소설 속 사진은 모두 벨기에의 브뤼주에 집중되어 있는데, 로덴바흐가 첫 페이지에서 밝히고 있는 것처럼 이 소설에서 브뤼주는 그 자체로 등장인물이고 주인공이다. 이런 이유로 제목 속의 브뤼주와 35장의 사진 속에 담긴 브뤼주에 대해 생각할 때 실제 벨기에의 도시를 바라보는 방식과는 다르게 접근해야 할 것이다. 작품 속 브뤼주는 아내의 죽음, 그리고 아내의 죽음으로 인해 위그가 겪는 죽음과도 같은 고통, 그리고 아내의 분신과도 같은 제인의 죽음 그 자체다. 다시 말해, 이 책에서의 브뤼주는 인간과 마찬가지로 죽음을 경험하는 하나의 존재인 것이다. 이와 관련하여 한 연구에서는 이 책의 제목 'Bruges-la-Morte'에서 'Bruges브뤼주'와 'la Morte죽음'을 연결해주는 하이픈들이 이 모두를 한 단어로 만들어 Bruges가 아닌 Bruges-la-Morte죽음의 도시 브뤼주라는 또 다른 하나의 낯선 도시를 연상시키고, 죽음과 관련될 때 즉각적으로 우리가 이 도시를 떠올리게 되는 효과를 지닌다고 보았다.

　그런데 왜 작가는 수많은 도시 가운데 브뤼주를 선택했을까? 사실 로덴바흐는 브뤼주에 살았던 적이 없다고 한다. 작가의 부모는 자신들의 고향이었던 이 도시에 많은 애정을 보였었고, 자연스레 작가 역시 이 도시에 대한 사랑을 표현하곤 했다는 이야기가 전해진다. 조르주 로덴바흐는 부모의 기질을 물려받듯 브뤼주에 대한 부모의 사랑을 그대로 물려받아 이 도시에서 자기 자신을 발견하고 이를 작품 속에 텍스트로, 그리고 사진으로 고스란히 담아낸 것이다.

문학 텍스트와 사진의 결합을 이끌어낸 그의 독창적인 시도는 평소에 그가 지닌 엉뚱한 기질과 지치지 않는 글쓰기에 대한 열정으로부터 비롯된 것이 아닐까 생각한다. 로덴바흐는 젊은 시절 시인은 독자적이고 특별한 존재임을 지인들에게 공공연히 말했고, 이런 생각 때문인지 엉뚱한 복장을 즐겨 하며 자신의 존재를 돋보이게 했던 것으로 유명했다. 그는 커다란 넥타이, 화려한 나비넥타이 같은 독특한 것들로 치장하고 다녔는데, 이 때문에 비웃음의 대상이 되기도 했다. 사람들의 조롱에 복수라도 하려는 듯 그는 일부러 검은 실로 만들어진 넥타이를 하고 나타나 넥타이가 이제는 만족할 정도로 얇은지 지인들에게 물어본 적도 있었다고 한다.

이런 엉뚱한 행동을 보면 로덴바흐가 매우 자유분방하고 제멋대로 살았으리라고 생각할 수도 있겠지만, 의외로 그는 매우 성실한 사람이었다. 그는 지치지 않고 글을 쓰는 작가였다. 거의 매일 오전 내내 글을 쓰고, 저녁에는 하루 동안 쓴 글들을 다시 읽어보았다. 오후 시간에는 젊은 작가들을 불러 그들의 작품 낭독을 듣고 조언을 해주는 등 다른 작가들과의 교류에도 힘썼다.

겐트에서 생활하던 시절 그가 언제나 품고 있던 새로운 것에 대한 갈망 역시 그의 글쓰기에 지대한 영향을 미쳤다. 아버지의 뜻에 따라 파리로 가서 변호사로 일하면서도 극장에 다니고 문학 활동에도 게을리하지 않았던 로덴바흐는 1879년 겐트로 돌아와 친구이자 동료 에밀 베르하렌Émile Verhaeren에게 벨기에 문학이 처한 암담한 현실에 대해 개탄했다. 이런 걱정 속에서 그는 동료들과 함께 낡아버린 학파에 맞서 싸우고 벨기에 문학의 부흥을 도모하기 위한『젊은 벨기에Jeune Belgique』라는 이름의 문학 잡지에 참여했다. 이는 단순한 문학 잡지가 아닌 하나의 대대적인 문학적 움직임이었다는 평가를 받는다.

문학에 대한 열정은 1888년 그가 파리에 완전히 정착하면서 더 짙어졌다. 그가 파리에 간 것은 벨기에에서는 이상적인 집필 활동이 더 이상 불가능하다고 생각해서였다. 로덴바흐는 파리에서 문학 모임에 드나들고 파리의 문인들과 서로 영향을 주고받으며 친밀한 관계를 유지했다. 하지만 파리에서의 삶은 녹록지 않았다. 그가 벨기에 출신 작가이기 때문이었을까? 끊임없이 부당한 일을 당하고 사람들의 공격을 받았다. 여전히 그는 이방인이나 다름없었다. 그가 세상을 떠난 뒤에도 이방인의 삶은 이어지는 듯했다. 로덴바흐가 사망한 후 그의 아내와 몇몇 지인들이 그를 기억하기 위해 브뤼주의 베긴회 수녀원에 조촐한 기념비를 세우고자 했다. 하지만 플랑드르어 사용자들은 프랑스어로 작품을 쓴 '배신자'를 위한 기념비를 플랑드르 지역에는 세울 수 없다고 강력하게 항의하여 결국 이 일은 무산되고 말았다. 어쩌면 이방인으로서 살아온 로덴바흐의 삶이 아내가 세상을 떠난 후 겪은 고통과 슬픔을 닮았다는 이유만으로 전혀 연고가 없는 도시 브뤼주로 가서 정착한 이 책의 주인공 위그 비안의 삶에 투영된 것일지도 모르겠다.

『죽음의 도시 브뤼주』는 발표된 해에 프랑스 문학 출판물 가운데 가장 큰 성공을 거두었다고 한다. 하지만 국내에서는 아직 이 작품에 대한 정보가 많지 않다. 그의 작품 번역본뿐만 아니라 작가와 작품에 관한 연구도 찾아보기 힘들다. 로덴바흐의 대표작인 이 번역을 기점으로 한국 독자들에게 조르주 로덴바흐와 그의 수많은 작품이 더 많이 알려지고 연구도 활발하게 이루어지길 바란다.

미행 편집자 두 분 덕분에 『죽음의 도시 브뤼주』라는

숨겨진 보석을 발견했고, 즐겁게 번역 작업을 하는 가운데 많은 것들을 배우며 행복한 시간을 보냈다. 번역은 언제나 외로운 싸움이라고 생각했었는데, 든든한 두 분이 있어 전혀 외롭지 않았다. 항상 탐구하는 자세로 치열하게 고민하고 열정적으로 출판에 임하시는 두 분께 감사드린다.

2023년 2월
임민지

편집 후기

미행의 외국문학 편집자로 일하는 가장 큰 즐거움은 읽고 싶은 책을 미리 읽을 수 있다는 것이다. 일을 하다 보면 하기 싫은 원고도 해야 할 때가 있지만 미행에서 그런 일은 (지금까지는) 없었다. 국내에 번역이 안 되어 있는 원고만 쏙쏙 찾아내어 번역가한테 던져 놓고 번역 원고가 들어오기만을 기다리는 게 미행 편집자의 일이다. 낯설고도 신비로운 세계를 창조해내는 건 작가의 일이고, 원문을 정확히 이해한 다음 적당한 한국어로 풀어내야 하는 번역가의 고충이 이 편집자들에게 존재할 리가 없다. 세상의 모든 근심, 걱정은 그대들이 짊어지셔라. 우리는 읽겠다. 그러니 새로운 번역 원고가 들어오면 그렇게 좋을 수가 없다. 편하게 책상에 앉아 국내 최초로 멋진 외국문학을 읽을 수 있는 특권만 누리면 되니 누가 마다할까.

『죽음의 도시 브뤼주』는 꽤 오랫동안 출간을 기다렸던 원고였다. 이 책에 대해 찾아보면 '사진이 등장하는 최초의 소설'이라는 소개부터 플랑드르 지역의 풍경을 아름답게 그려냈다는 등 군침 도는 정보는 볼 수 있는데 정작 작품을 읽은 게 아니니 그 정체를 알 수가 없었다. 작품에 대한 타인의 설명보다 직접 작품을 읽고 싶었다. 그래야 속이 시원할 것 같았다. 드디어 번역 원고가 도착하던 날, 로덴바흐는 우리의 기대를 배신하지 않았다는 걸 깨달았다. 이 시절이 가기 전에 이 작품을 읽을 수 있게 되어 다행이다.

그야말로 '사진이 등장하는 최초의 소설'을 독자들도 실감할 수 있도록 초판본 사진 35컷을 모두 수록했다. 다행히 고해상 사진을 찾을 수 있었는데 뭔가 비현실적인 그림 같아 보이지만 진짜 사진이 맞다. 자세히 보면 배에 탄 사람, 낚시를 하는 사람, 거리를 걷는 사람들을 목격할 수 있다. 백여 년 전 도시 브뤼주의 모습을 독자들도 함께 감상하셨으면 좋겠다.

소설 끝에 있는 '작가 연보'와 자세하고 친절한 '약력'은 번역가 선생님이 손수 꾸려주셨다. 초판 원전에는 없는 자료로, 작품만으로는 부족했던, 조르주 로덴바흐가 어떤 사람이었는지 짐작해볼 수 있도록 길잡이가 되어줄 것이다. 어떨 땐 작품보다 연보가 한 작가에 대해 많은 얘기를 들려준다. 벨기에 출신 작가로 프랑스 파리에서 활동하면서도 항상 마음은 벨기에에 두고 살아가는 작가의 모습이 어딘지 낯설지 않았다. 결국 그는 고국으로 돌아가지 못하고 프랑스에 묻힌다. 소설의 축이자 배경이 되는 이 도시를 벨기에에서 사용하는 언어인 플랑드르어로 표기해야 할지, 프랑스어로 표기해야 할지 고민하다가 결국 작품이 쓰인 언어인 프랑스어로 표기하기로 하면서 어쩐지 울적해졌던 건 그의 마지막과 묘하게 겹쳐 보였기 때문일까. 그러나 그가 벨기에 작가였다는 건 분명하다.

마지막으로 미행에 조르주 로덴바흐의 멋진 작품을 추천해주신 이유진 선생님께 감사드린다.

미행에서 만든 책들

1	소설	마르셀 프루스트	최미경	**쾌락과 나날**
2	시	조르주 바타유	권지현	**아르캉젤리크**
3	소설	유리 올레샤	김성일	**리옴빠**
4	시	월리스 스티븐스	정하연	**하모니엄**
5	소설	나카지마 아쓰시	박은정	**빛과 바람과 꿈**
6	시	요제프 어틸러	진경애	**너무 아프다**
7	시	플로르벨라 이스팡카	김지은	**누구의 것도 아닌 나**
8	소설	카트린 퀴세	권지현	**데이비드 호크니의 인생**
9	르포	스티그 다게르만	이유진	**독일의 가을**
10	동화	거트루드 스타인	신혜빈	**세상은 둥글다**
11	산문	미시마 유키오	강방화·손정임	**문장독본**
12	소설	마르셀 프루스트	최미경	**익명의 발신인**
13	시	E. E. 커밍스	송혜리	**내 심장이 항상 열려 있기를**
14	시	E. E. 커밍스	송혜리	**세상이 더 푸르러진다면**
15	산문	데라야마 슈지	손정임	**가출 예찬**
16	칼럼	에릭 사티	박윤신	**사티 에릭 사티**
17	산문	뤽 다르덴	조은미	**인간의 일에 대하여**
18	르포	존 스타인벡·로버트 카파	허승철	**러시아 저널**
19	소설	윌리엄 포크너	신혜빈	**나이츠 갬빗**
20	산문	미시마 유키오	손정임·강방화	**소설독본**
21	소설	조르주 로덴바흐	임민지	**죽음의 도시 브뤼주**

한국 문학

1	시	김성호	**로로**

조르주 로덴바흐(Georges Rodenbach, 1855-1898)는 1855년 7월 16일 벨기에 투르네의 한 부르주아 가정에서 태어났다. 같은 해 11월, 로덴바흐 가족은 겐트로 이사했고, 조르주 로덴바흐는 파리에 정착하기 전까지 이곳에서 생활했다. 그는 특히 어머니와 누나, 그리고 두 명의 여동생을 소중하게 여겼으며, 그들과의 행복하고 소중했던 어린 시절의 추억은 훗날 시집 『순백의 젊음(La Jeunesse blanche)』 집필에 예술적 영감을 주기도 했다.

학업 성적이 우수했던 그는 겐트대학에서 법학 전공을 한 후 아버지의 뜻에 따라 파리에 가서 변호사로 일하지만, 대학 입학부터 품고 있던 문학에 대한 꿈을 버리지 않고 있었다. 1879년 겐트로 돌아온 그는 벨기에의 젊은 작가들과 함께 문학예술 잡지 『젊은 벨기에(Jeune Belgique)』에서 활동하기 시작했다. 당시 유럽 열강 국가들 사이에서 힘겹게 싸우고 버티느라 예술에 대해서는 냉소적인 태도를 지닐 수밖에 없었던 벨기에를 걱정했던 이 젊은 작가들은 소수만을 위한 예술에 얽매인 낡은 학파에 맞서 새로운 시도를 감행하고 벨기에 예술의 부흥을 이끄는 데 힘썼다.

『젊은 벨기에』 활동이 시작되었던 해에 로덴바흐는 시집 『슬픔(Les Tristesses)』으로 작가로서 이름을 알리게 되었다. 1881년 변호사직을 내려놓고 본격적으로 작품활동에 전념했던 때부터 그는 쉬지 않고 거의 매년 작품을 발표했다. 로덴바흐는 시인으로 출발했지만, 작가로서 큰 성공을 거두게 해준 작품은 소설 『죽음의 도시 브뤼주(Bruges-la-Morte)』였다. 이 작품은 상징주의 소설의 기틀을 마련했을 뿐만 아니라, 최초로 문학작품에 사진을 수록했다는 점에서 큰 의미를 지닌다. 이후 작가는 『베긴회 여신도 박물관』 『사명』 등 다수의 작품을 발표하면서 상징주의 소설 장르를 대표하는 작가로 자리매김했지만, 30대부터 그를 괴롭혔던 질병들을 이겨내지 못하고 43세의 나이로 일찍 생을 마감했다.

옮긴이 임민지는 한국외국어대학교 프랑스어과 졸업 및 동 대학원 불어불문학과 불문학 석사 학위 취득 후 프랑스 파리 통·번역대학원(ESIT)에서 번역 특별과정을 수료했으며, 한국외국어대학교 불어불문학과에서 불문학 박사 학위를 받았다. 저서로는 『세계의 몸짓 몸짓의 세계』(공저)가 있고, 번역서로는 『문학과 미술』(공역)이 있다. 현재는 한국외국어대학교, 동국대학교, 서울시립대학교에서 학생들을 가르치고 있다.

죽음의 도시 브뤼주

조르주 로덴바흐
임민지 옮김

초판 1쇄 발행 2023년 4월 11일

펴낸곳 미행
출판등록 제2020-000047호
전화 070-4045-7249
메일 mihaenghouse@gmail.com
인쇄 제책 영신사

ISBN 979-11-92004-14-3 03860